GOBOOKS
& SITAK
GROUP©

GOBOOKS
& SITAK
GROUP©

三日月書版

三日月書版

I
女神亂世
著 草子信
繪 arico
Sniper of Aogelasi
奧格拉斯之槍
輕世代
FW226
三日月書版

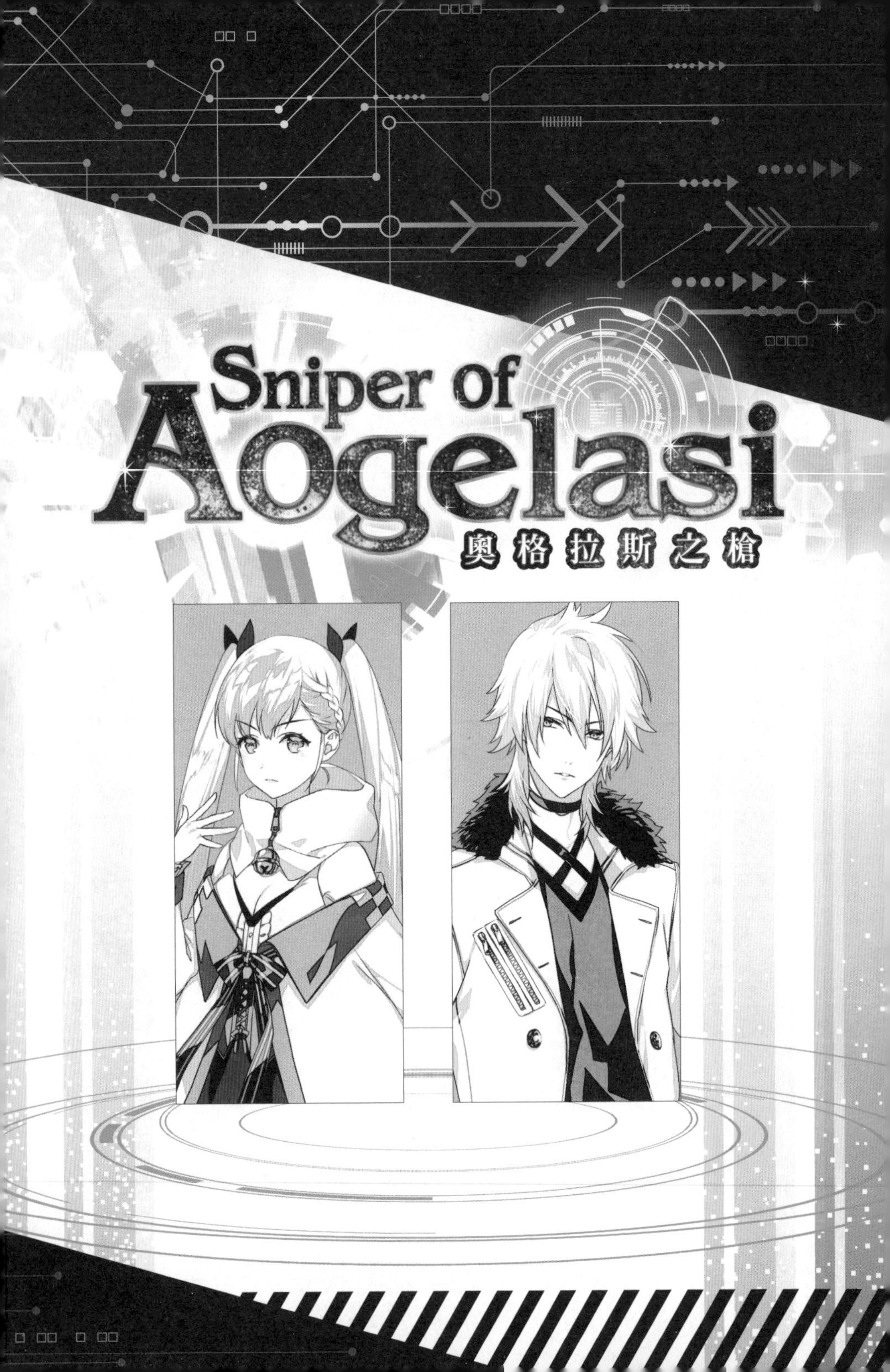
Sniper of Aogelasi
奧格拉斯之槍

contents

Sniper of Aogelasi

CHARACTERS

遊戲ID
泡泡鈴

Yu Si Qing

Profile

俞思晴

(16歲)

個性：單純、認真
普通的高中少女，喜愛實境網遊，在各實境網遊中都曾創過角、玩過遊戲，雖不起眼，但玩遊戲的技巧不輸給排行榜高手。

Sniper of Aogelasi

CHARACTERS

Barrett

Profile

巴雷特

(18歲)

個性：溫柔、專一
遊戲內的ＡＩ武器，對主人絕對忠誠，總是用笑容帶過一切，對感情方面的事情很天然。相當重視自己的主人，將她像公主般呵護。

楔子

Sniper of Aogelasi

網路遊戲一直都是俞思晴放學回家後的休閒活動，雖然她不太會念書，但遊戲卻玩得很好。

這樣的情況，應該就叫做天分。

隨科技發展，原本只能盯著螢幕打鍵盤的網路遊戲，漸漸發展到能將人的意識帶入遊戲，讓人有實際活在遊戲世界中的感覺。

網路遊戲與現實越來越相似，很多人因此沉溺其中，無法自拔，甚至無法分辨自己究竟在遊戲世界還是虛擬世界。

俞思晴最自豪的，就是她向來將現實與網路世界分得很清楚，絕不會讓自己活在二次元世界中。

螢幕右下角突然跳出通話鍵，俞思晴看了一眼，將滑鼠移動到按鈕上。

「小鈴，妳有拿到封測帳號對吧？」

「當然有。」

俞思晴習慣在網路上使用「鈴」這個字作為名字，看起來很普遍，也不會受到注意，而認識她的人，通常只要看到排行榜上的角色帶有「鈴」字，都會知道是她。

這通催促她的電話，是跟她一起玩過許多線上遊戲的好戰友。

「登入後不知道能不能在同個公會，沒想到封測竟然會強制限定玩家的公會……真討厭。」

「反正只有兩個月的封測時間，就當作體驗也好。」

「說的也是，公測開放後就能更換了。」

他們在等的，是最近在業界中受到眾玩家期待的新型網路遊戲。

玩家所使用的武器不再是冷冰冰的「裝備」，而是能與玩家互動的人工ＡＩ，還會依照玩家的培養方式產生不同變化，算是一款線上養成遊戲。

光聽到這個新設定，就令俞思晴期待不已，早早就把封測帳號搶到手，等待這天到來。

遊戲公司簡直佛心來著，選擇暑假時間開始封測。

「啊，可以登入了。」電話那頭的聲音，同樣感到喜悅，只差沒尖叫，「那我晚點再跟妳聯絡，線上見。」

「線上見。」俞思晴開心地哼著歌，戴起連線用的眼罩。

向後靠在椅背上，決定好最舒服的姿勢後，對著耳機說：「登入遊戲。」

接著，她的身體癱軟，意識隨著程式碼進入二次元世界中。

第一章　武器隱藏關卡

Sniper of Aogelasi

俞思晴睜開眼，發現自己已經來到寬廣草原的小村莊裡，不用想也知道，這裡是玩家新手村。

只不過，除了她之外沒有看到其他玩家。

正當她覺得奇怪，突然有道聲音冒出來和她搭話。

「歡迎來到幻武神話世界，我是您的新手指導員，編號一四三九號。」

農婦打扮的NPC非常有禮貌地向她鞠躬，俞思晴不免有些好奇，「其他玩家呢？該不會我是最慢的？」

「請您放心，新手村是個別獨立的空間，我會先將您的武器分發給您，並稍做講解，之後您便可進入城市內遊玩。」

「原來新手村是獨立的。」俞思晴鬆口氣，還以為自己的網路又出問題。

幻武神話中的玩家只能擁有一個AI武器，武器與角色相連，會隨著玩家成長，這樣的設定相當吸引人，有種雙人遊玩的感覺。

平時在單獨打怪時，如果能與武器對話、聊天，就不會覺得無聊。

而且與人工AI聊天，完全沒有任何壓力。

俞思晴相當期待和自己的AI武器見面，雖說無法選擇外表，但遊戲世界中的角色，再怎麼說也不會太難看，加上她也不是個很挑的人。

「請問您要選擇哪一族的武器呢？」

習慣使用遠距離武器的她，想都不想，立刻回答：「槍族。」

「好的，請稍等。」

農婦說完，閉上雙眼，打開手臂。

白光在她胸前聚集，慢慢化作人形。

滿懷期待的俞思晴興奮不已地盯著自己的武器。

雖說封測玩家能選擇武器種族，卻沒辦法挑選類型，所以她無法預期自己會拿到什麼樣的武器。

白光消失後，出現眼前的不是武器，而是一名緊閉雙眼的美男子。

他雙手交握放在胸前，平躺在半空中，睡得相當舒服。

俞思晴睜大雙眼看著他，臉頰泛紅，心臟狂跳不已。

遊戲中無論是角色或者ＮＰＣ，都會美化好幾倍，她以為自己早看習慣了，現在卻無法將目光從這名美男子的臉上移開，甚至感覺到緊張，喉嚨乾啞，說不出話。

「請、請問……」農婦見俞思晴紅著臉，呆呆盯著自己的武器看，好奇地歪頭問：「您還好嗎？」

「啊！」俞思晴終於想起她的存在，趕緊收回視線，慌張地拚命揮動雙手，「沒沒沒沒事！我沒事！」

她知道自己的態度看起來相當可疑，但是NPC根本不會察覺到。

這讓她慶幸，新手村是獨立空間，否則這副模樣被其他玩家看到，肯定會成為笑柄。

「請問我可以開始向您介紹您的武器了嗎？」

「是、是的，可以。」俞思晴趕緊回神，用力點頭。

得到玩家回應，農婦便自動開始解說：「您的武器是遠距離型狙擊槍，距離越遠，攻擊力越強，但防禦稍嫌不足，使用時請小心自身安全，建議您組隊進行較危險的任務。」

「狙擊……槍？」她沒想到自己的槍居然這麼「現代」，通常不都是弓箭或者雙槍嗎？

這遊戲的武器種類，恐怕比她想得還多樣化。

沒有在線上遊戲中使用過狙擊槍的她，煩惱地嘆氣。

「看來要花點時間習慣這個陌生的武器。」

「如果是這樣，推薦您到城鎮東邊的心湖附近練習，那邊的怪物等級較低，很適合您練靶。」

「好，我知道了。」

「那麼接下來，請親吻您的伙伴，藉此締結與武器之間的羈絆。」

「就跟啟動的意思差不多……等等等等一下！親親親吻？」

盡可能讓自己的注意力放在遊戲這件事情上的俞思晴，慢半拍地發現啟動方式有點太「超過」，頓時滿臉通紅，拚了命地拒絕。

「不不不行，這絕對辦不到，打死我都不——」

「不與武器締結羈絆，就無法進入遊戲，玩家也無法使用ＡＩ武器。」

「那也沒必要用親親親親……」

「您是指親吻嗎？」

「……妳一臉無所謂的態度讓人有點惱火。」

「不好意思，這是我的內建設定，無法依照您的喜好更改。」農婦笑盈盈地回答，「就算您不喜歡您的ＡＩ武器的外觀，也沒有辦法更換，請您將就點。」

「才、才不是不喜歡……」俞思晴越說越小聲，吞口水盯著那張臉。

不行，面對這張閃閃發光的帥氣臉龐，她絕對親不下——

才剛這麼想，農婦就突然出現在她身後，直接將她的頭壓下去。

「得罪了，後面還有許多玩家在排隊，請您不要浪費時間。」

她就這樣驚恐地瞪大雙眼，讓自己的雙唇緊緊貼在美男子的嘴上。

瞬間，她與ＡＩ武器被白光籠罩，刺眼的光芒讓她睜不開眼，只聽見耳邊傳來農婦的聲音。

「羈絆成立，歡迎您進入幻武神話。」

說完的同時，四周的畫面漸漸變清晰，直到閃瞎人的白光消失不見，城鎮的模樣才出現在她眼前。

熱鬧的聲音、許多來往過路的玩家，都表示自己已經順利「登入」。

唇瓣上留有的柔軟觸感，不禁讓她癱坐在地。

「小心！」

忽然感覺腰被摟住，溫柔好聽的聲音滲進她的腦海中。她僵硬地轉動脖子，臉色慘白地看著那張臉，放聲大叫。

「媽啊啊啊啊——」

她的慘叫聲把其他玩家嚇了一跳，連摟住她腰的青年也驚怖地睜大雙眼，眨呀眨的，不懂她為什麼會有這種反應。

知道原因的，只有俞思晴自己。

她全身顫抖，連耳朵都紅到不行，完全不敢亂動。

最後只好低下頭，用盡全力轉移自己的注意力，小聲說道：「那那那個，請放開我。」

不知不覺，她就用敬語和他說話，明明那是自己的武器。

「是。」

他果斷遵照她的命令，小心翼翼讓她站好後才放手。

面對他溫柔到不行的態度，俞思晴只覺得心臟快要從嘴裡跳出來了。

往後退兩步，與他保持距離，深吸口氣讓自己的心情平復下來後，才敢抬起頭看他。

雪白的髮絲底下，淡淡的紫色眼眸，相當勾人，無論外貌或者他散發出的氣質，都深深吸引著他人目光。

連路過的其他玩家，也不禁回頭多看幾眼。

可是，這雙紫色瞳孔當中，卻只有她的影子。

「非常感謝您與我締結羈絆，我的主人。」他將手放在胸前，向俞思晴行禮，「從現在開始，我是您的武器，不論生死都將與您共同進退。」

還在發呆的俞思晴，根本沒把他說的話聽進去，整個人靜止三分鐘左右的時間，才好不容易回過神。

「呃，好。那個……名、名字……」

「我的名字叫做巴雷特。」

「原來武器的名字不是由玩家取？」

「可以更改，但需要特殊道具。」

「那就算了。」這讓俞思晴鬆口氣，她可沒辦法冷靜幫他取名字，這算是幫她一個大忙。

想到接下來要跟會讓自己臉紅心跳的武器一起玩遊戲，她就慌張得不知道該怎麼辦才好，更重要的問題是——一見到自己的武器就臉紅心跳，要怎麼繼續玩下去啊！

「不行，我要把注意力放在遊戲上面……對，我是來玩遊戲的。」

不停提醒自己，好不容易才冷靜下來。

再次轉頭看著巴雷特，發現他仍用溫柔的笑容注視著自己，讓她不知道該害羞還是逃跑。

與ＡＩ武器締結契約後，他的眼中就只有身為主人的玩家，想到這是遊戲的設定，俞思晴心裡就有種酸酸的感覺。

她的武器美形程度破表，不知道其他玩家的ＡＩ武器是不是跟她一樣。

「泡泡鈴。」

巴雷特突然喊自己在遊戲中取的名字，讓俞思晴微微一愣，慢半拍才意識到這個名字是自己，頓時無力地扶額。

「我的反應未免也太好笑……」

「不如說是可愛。」

巴雷特脫口而出的話，再次讓俞思晴滿臉通紅。

「你、你真的擁有自我意識！」

「我和其他ＮＰＣ不同，能夠與玩家交談，而且不會有違和感。」

「不，我不是這個意思。」俞思晴想說的不是這件事，但思考過後，她還是決定不要追問下去，免得沒完沒了。

「我們先去公會報到，然後開始進行主線任務。」

想要開始遊戲，就得先去分配自己所屬的公會，就像她朋友一開始抱怨的，封測時期無法選擇公會，完全得靠運氣。

這種感覺就像是在玩俄羅斯輪盤，挺有趣的，而且公會只是讓玩家體驗，玩家還是可以和認識的朋友組隊解任務，並不影響。

每換一款遊戲，人際關係就得從零開始，俞思晴早就習慣了。希望她分配到的公會，不會出現什麼奇怪的人就好。

但巴雷特卻很訝異地對她說：「難道……您不知道？」

「咦？知道什麼？」

「所有剛拿到ＡＩ武器的玩家，都必須先通過一場試煉任務，所以我們才會來到這裡。」

聽巴雷特這麼說，俞思晴這才發覺，他們來到的地圖，並不是城鎮，而是某個像神殿的地方。

神殿之外的範圍，由各種顏色混雜在一起，看不清楚模樣，感覺跳下去就會消失不見，讓人頭皮發麻。

和她同樣來到這裡的玩家，身邊各自跟隨著不同的人型ＡＩ武器，他們都知道自己來到這裡的原因、理由，只有她不知道。

俞思晴百思不得其解，她明明在登入遊戲前做過調查了，關於如何遊玩、武器的使用方式，甚至是裡面的特殊規定，她都摸得很徹底，絕不會有例外。

「那個，不好意思，請問一下……」她藉機詢問一名從她身邊走過的玩家，「這裡是什麼地方？看起來似乎不是遊戲裡的地圖。」

對方好奇地眨眼，訝異道：「妳的新手指導員沒有告訴妳嗎？」

俞思晴搖搖頭。

「這就奇怪了，一般來說都會講解……這裡是封測遊戲獨立出來的空間，只有封測玩家才能玩到的特殊關卡，妳可以把這裡當成是遊戲故事的序章。」

「序章？這跟試煉有什麼關係？」

「我也不清楚，遊戲指導員告訴我，這裡是ＡＩ武器誕生的世界，封測玩家如果想要讓自己的ＡＩ武器「變回原形」，就必須破這一關。」

這名男性玩家似乎也是一知半解，只能把自己所知的情報盡量告訴俞思晴，「別擔心，來到這裡的人都跟妳一樣，對這個關卡的存在感到吃驚。我想應該是遊戲官方給封測玩家的特別禮物，畢竟只有我們才有機會玩到，公測後這個任務就會被刪除。」

「遊戲官方獨立出來的隱藏關卡嗎……感覺有點麻煩。」

「嗯，大家都這麼覺得。」他指著玩家聚集的方向，「有部分玩家打算一起討論破解方式，如果妳不介意，也可以加入。」

俞思晴感謝他的好意，搖頭道：「我習慣自己來，這樣比較有趣。」

「是嗎？」他嘆口氣，似乎很欣賞俞思晴的作風，「那就祝妳好運。」

說完，他便跟過去玩家聚集點。

直到那名男性玩家離開，巴雷特才開口說道：「原來指導您的那名新手指導員，偷懶沒解釋給您聽。」

想起那個NPC的臉，俞思晴就氣得牙癢癢，但也沒轍。

「她應該是討厭我吧，感覺她急著把我扔進遊戲裡。」

「那麼我們現在該怎麼辦？主人。」

俞思晴嘆口氣，打開任務選單，「總而言之，先確認任務內容再說。」

沒辦法讓AI武器變回原形，就代表她沒辦法在遊戲裡戰鬥，遊戲官方設計這個任務還真是惡趣味，但相對的，這個任務應該不會太難解。

任務選單內只簡單地講解故事內容，大意是這個空間賦予AI武器生命，並讓他們與命定之人相遇。

故事內容看起來滿精采的，不過讓俞思晴在意的是，她必須拿到特定物品。

「這東西看起來有點像是水晶。」

「是的，那是槍族的魔水晶，也是我們AI武器的心臟。」

「……心臟這種東西不是應該好好地放在身體裡嗎？」

「AI武器誕生世界被稱奧格拉斯神殿，武器之神奧格拉斯在創造我們的時候，並不把我們當成「生命」，如果想要前往神殿以外的地方，我們ＡＩ武器就必須以魔水晶作為心臟，才能夠擁有「生命」，離開神殿。」

巴雷特如同背誦似地將這些情報解釋給俞思晴聽，不知道為什麼，在俞思晴耳中聽起來，就像是遊戲官方在故意找碴。

沒必要一開始就設定這麼棘手的任務吧！

官方就不能好好讓他們玩個遊戲嗎？

「意思是，你對這裡很熟悉？」

「是的，畢竟這裡是我的故鄉。」

「那就由你負責帶路。」俞思晴關閉任務頁。

從剛剛開始，就一直打不開神殿的地圖，想要在這裡找到魔水晶，根本是天方夜譚。

想必沒有地圖的原因，就是因為ＡＩ武器的存在。

ＡＩ武器就是她在這裡的地圖。

正當她和巴雷特打算離開的時候，一旁的玩家群也跟著開始移動，不過他們卻兵分四路，沒有同時行動。

俞思晴覺得奇怪，巴雷特倒是不感到意外。

「武器種族不同，魔水晶安置的地點也不同。」他向俞思晴解釋，「玩家必須各自前往持有武器的種族故鄉。」

「那麼只要跟著同樣持有槍族的玩家一起走，就可以找到魔水晶了？」

巴雷特聽她這麼說，不解地歪頭問：「我以為您想獨自解任務？」

「是沒錯……」

「那我們就走吧。」

不等俞思晴回答，巴雷特直接拉起她的手往前走，甚至加快腳步，刻意與另一批人拉開距離，明顯表現出他不想跟其他人一起行動的念頭。

過沒多少時間，俞思晴就看到掛著槍族標誌的旗幟飛揚在眼前，裡面滿滿的都是各種俊男美女，長相不輸給巴雷特，看得她眼花撩亂。

該不會槍族盛產俊男美女吧！

「這裡就是我的故鄉。」巴雷特喜孜孜地向俞思晴介紹，正好瞧見她望著其他NPC流口水的模樣，嚇了一跳。

俞思晴發現自己的失態，趕緊閉起嘴巴，用手背擦乾口水。

「這些NPC都是AI武器？」

巴雷特回過神，慢半拍回答：「是的，這些都是尚未被召喚的ＡＩ武器。」

「你們族裡還真多帥哥美女。」

「……您心動了嗎？」

「什、什麼？我、我才沒——」俞思晴連忙否認，看到巴雷特垂頭喪氣的模樣，讓她感到內疚又心疼，連忙說：「你比其他人帥多了！」

話才剛說出口不到一秒鐘，她就後悔了。

但是巴雷特卻十分滿意地露出笑容，開心地看著俞思晴，讓她害臊得不知道該如何是好。

反省自己太過衝動說出口的話，讓自己臉紅心跳不已的同時，兩人的出現也被其他ＡＩ武器注意到。

「巴雷特！」兩個青年走過來，熟稔地和巴雷特擊掌打招呼，「恭喜你跟玩家締結契約，你是回來拿魔水晶的吧。」

「是啊，這位就是我的主人。」

突然被介紹到，還沒回過神來的俞思晴連忙向他們行禮打招呼：「大、大家好！我是俞思……不、不對，我是泡泡鈴。」

兩個青年看到俞思晴的反應，反而愣住，過了許久才笑出來。

「哈哈哈！巴雷特，你的主人超有趣的。」

「還真可愛，如果妳抽到的武器是我就好……了……」

說著這些話的他們，明顯感受到來自背後的寒意，不用轉身也可以知道，巴雷特現在正在用恐怖的表情瞪著他們。

緊張到冷汗直冒的他們，連忙收起嘻鬧的心態，站直身體，同聲道：「真的是非常不好意思！我們逾矩了！」

俞思晴眨眨眼，想到自己剛才的回答，反倒覺得自己才是最丟臉的人。

「不、不會，是我的反應太奇怪……」

「啊，真可愛。」

「是啊是啊，真希望我也能有這樣的主……巴雷特，你別再瞪我們了。」

巴雷特黑著臉，皮笑肉不笑地對他們說：「瞪你們？沒有這回事，現在的我只想把你們從我主人面前趕走，免得你們對我的主人有非分之想。」

「我們才沒有——」

「是啊是啊，沒這回事，我們發誓。」

「喔？那你們的意思是，我的主人魅力不足？」

「夠了，巴雷特。」俞思晴再也聽不下去，連忙捂住他的嘴，「不好意思，我們還急著要去拿魔水晶，以後有機會再聊吧。」

「我們很閒，可以跟妳一起去。」才剛發誓說對俞思晴毫無目的的男性AI武器，突然改口道：「反正多帶上我們，不會有什麼損失。」

「聽起來挺有趣的，感覺好像在冒險。」另外一個人也跟著附和。

雖然巴雷特臉上的青筋多到數不清，但在俞思晴的面前，他也不敢真的出手趕走他們，畢竟主人沒有下達這個命令。

他只能壓住怒火：「如果主人同意的話，我沒有意見。」

想早點離開這裡去玩遊戲的俞思晴，並沒有想太多，直接回答：「好。」

說實在話，她沒辦法拒絕這兩個美男子的請求，更何況他們的態度還挺強硬的，跟巴雷特的個性完全不同。

「好耶，那我們走吧。」

「來來來，不用擔心，我們會保護妳的。」

兩名青年就這樣各架住俞思晴的一隻手臂，開開心心地帶她離開。

怒火已經到達臨界點的巴雷特，抓住這兩人的頭，用低沉沙啞的嗓音跟他們說：「羅納、多厄多，你們兩個人到底鬧夠了沒有？不准你們讓我主人為難。」

「哇……巴雷特生氣了。」

「泡泡鈴，我們趕緊溜吧。」

「什、什麼……等等呀！」

兩人完全不顧巴雷特的「威脅」，腳底抹油，迅速拉著俞思晴離開。

雖然一路上吵吵鬧鬧，還是勉強順利來到安置魔水晶的地點。

這裡和俞思晴想像的有些不同，她以為會是放在什麼神祕的地方，但羅納和多厄多帶她來到的卻是村裡的某處小水池。

水池四周圍繞著雕刻精美的大理石，聳立在池水中央的，是個只有單邊翅膀的女神，胸前有著槍族的圖騰記號。

「這是……你們的守護神？」

「不不不，這不過是我們村長隨便找人來刻的，想說這樣比較有神祕感。」多厄多哈哈大笑，態度輕鬆。

「多厄多，主人的問題應該由我來解答，你別隨便開口。」巴雷特很不高興地把多厄多推開，緊黏在俞思晴身邊，「你們兩個趕快回去，接下來是我跟我主人的事，與你們無關。」

「別這麼掃興嘛，反正我們都還沒有被玩家召喚，閒得很。」羅納朝他揮揮手，完全不把他的驅逐令當回事。

多厄多也附和：「而且我們也想親眼看看魔水晶長什麼樣啊。」

「等你們有主人後就可以看到了。」巴雷特果斷拒絕兩人的請求，不留情面，「現在快點離開這裡。」

「哎，可是可是——」多厄多雙手枕著後腦勺，吹著口哨說：「我們也不一定會被玩家召喚啊，ＡＩ武器數量比玩家還多，搞不好我就沒這個運氣。」

「如果沒被玩家召喚，我們就得待在村子裡，哪都去不了。」羅納搖頭嘆氣，看起來十分懊惱，「所以只要是這裡的ＡＩ武器，都很想搶走玩家。」

話才剛說出口，巴雷特立刻站到俞思晴面前，小心翼翼護著她，警戒地瞪著兩人。

「……這才是你們的目的嗎？」

羅納和多厄多互看一眼，笑容瞬間變得陰險。

「你不知道嗎？這是官方默許的設定喔！」

「讓玩家來到ＡＩ武器的故鄉，當然不只是讓他們拿到魔水晶這麼簡單而已，還有給他們第二次選擇武器的機會。」

巴雷特暗冒冷汗，兩人的話讓他緊張不已，但俞思晴卻眨眨眼，毫無感覺。

「什麼啊，原來還有這個意義，遊戲官方心機還真重。」她繞過巴雷特，雙手扠腰，上下打量羅納與多厄多，「所以呢？你們憑什麼認為我會選你們？」

羅納和多厄多勾起嘴角，同聲回答：「因為我們兩個比巴雷特厲害得多。」

再也按捺不下去的巴雷特，突然雙手浮現紫光，朝兩人衝過去。

羅納和多厄多各自閃開，向巴雷特反擊。

三人打在一起，不分軒輊。看著巴雷特殺紅眼的模樣，俞思晴反倒覺得有點不爽。

難道他真以為她會改選羅納或多厄多嗎？不然幹嘛這麼緊張。

「真是受不了你們，都別打——」

話還沒說完，身後的水池突然傳來水滴聲響。

明明在這種吵鬧不休的地方，水滴聲響不會如此明顯，但俞思晴卻清楚聽見它的聲音。

她好奇地轉身看著水池。

忽然，女神石像睜開眼，直盯著她看。

俞思晴瞪大雙眼，再眨了眨，想確定自己沒看錯。

當她見到女神石像對她笑之後，她百分之百確定，這石像不是普通的裝飾品！

「妳……妳……」

女神石像並沒有開口說話，彎下身，從池水中舀起一些湖水，遞給她。

不知道她想做什麼的俞思晴，下意識地伸手接住。

說也奇怪，湖水碰到她的掌心後，竟然變成結晶，閃閃發光，非常耀眼。

她訝異地捧著水晶，才想抬頭詢問女神石像，就發現它已經恢復原來的樣子，彷彿從來沒有移動過。

「這就是魔水晶嗎……」她叫出系統，檢查物品欄，才確認這個結晶就是她要找的東西。

當她回頭想叫巴雷特的時候，發現巴雷特竟然被打飛，整個人倒在水池邊，模樣相當狼狽。

「巴雷特！」她嚇了一跳，連忙跑過去，卻被人拉住肩膀。

「別擔心，ＡＩ武器雖然會受傷，但是死不了。」羅納露齒對她笑，「這樣妳應該就能明白，我比巴雷特強多了，選我絕對不會有錯。」

多厄多也跟著湊過來推薦自己，「喂，剛才巴雷特可是被我打飛的唷！應該選我才對。」

俞思晴面對這兩個極力推薦自己的ＡＩ武器，氣得身體顫抖，揮開羅納的手，大聲斥責：「你們都給我閉嘴！我的武器是巴雷特，除了他之外，我不會選其他人！」

羅納和多厄多當場愣住，回過神來時，俞思晴已經跑回巴雷特身邊。

「巴雷特，你沒事吧？」她擔心地輕輕碰觸巴雷特身上的傷口，看起來很痛，讓她心疼不已。

巴雷特抓住她的手，不讓她沾染自己的鮮血，勉強露出笑容對她說：「我沒事，就像他們說的，ＡＩ武器不會死。」

「但是會受傷。」俞思晴認真打斷他的話，「那兩個ＡＩ武器到底想做什麼，明明我已經有你了，還硬要我選擇他們。」

她拿出魔水晶，「只要把這東西給你，他們就會死心了吧？」

說完，魔水晶就像是受到吸引，化作光芒進入巴雷特的身體裡。

巴雷特傷痕累累的身體，在一瞬間復原。

「巴雷特！太好了……哇！」

才剛為巴雷特恢復健康的事情感到高興，她就被巴雷特橫抱起來，羞澀得漲紅臉，說話也跟著結巴起來。

「巴巴巴……巴雷特？」

巴雷特溫柔地抱著她，勾起嘴角輕笑道：「謝謝妳選擇我。」

他在俞思晴的額頭上輕輕落下一吻，接著用銳利的眼眸狠瞪羅納與多厄多。

知道巴雷特在擁有「心臟」後，力量會與以往完全不同，羅納與多厄多便摸摸鼻子離開了，不再吵鬧。

而腦容量已經超過負荷、冒出當機白煙的俞思晴，根本沒注意到自己已經成為全村焦點，當然也包括其他來這裡解任務的玩家。

她只知道，自己的心臟快要因為巴雷特的寵溺與溫柔，而壞掉了。

第二章　令人頭疼的公會

等俞思晴回過神，發現他們已經來到遊戲中的新手村，而巴雷特對她的公主抱動作，很快就成為所有玩家目光的焦點。

一個帥哥抱著容貌普通的女孩——這景象看在其他女性玩家眼中，可是相當刺眼。

被這些目光刺得難受，俞思晴趕緊要求巴雷特把她放下。

「妳的臉好紅，身體不舒服嗎？」

「這可是遊戲世界，玩家不會生病。」

俞思晴沒好氣地對巴雷特說。

她真不知道該說巴雷特是天然還是認真，難道他都不覺得害羞？

就算ＡＩ武器的眼中只有玩家，也不至於這麼誇張，總覺得巴雷特對她的態度，已經完全超出「主人」與「武器」之間的關係。

問題就在於，巴雷特本身根本就沒有自覺——就是因為這樣，才讓她頭疼。

「以後別在這麼多人面前用這種方式抱我。」

「我很樂意在沒人的時候抱妳。」

巴雷特的腦筋轉得比她還快，馬上就抓到她的語病，臉不紅氣不喘地說出這種令人害臊的話。

她越來越覺得，巴雷特的設定就是這麼喜歡甜言蜜語。如果真是這樣，那她剛才應該聽從羅納和多厄多的建議，另選ＡＩ武器才對。

可是——

偷偷看向巴雷特，俞思晴的臉又忍不住紅起來。

她覺得和巴雷特待在一起的感覺很開心，雖然這個ＡＩ武器天然得讓她頭痛不已，但她還是想去關心他。

不想承認，卻又不得不承認，看到巴雷特受傷時的難過心情，就表示巴雷特已經占據她心中一塊位置。

她低著頭，大步向前走，想離開這個地方。

被其他玩家注視的感覺讓她覺得很糟糕。

巴雷特默不作聲，笑盈盈地跟在她身後，保持著一定的距離。

「主人，您要去哪？」

「先跟ＮＰＣ拿基本裝備。」

幻武神話中的裝備，不單單只給玩家使用，ＡＩ武器也能夠裝備，但ＡＩ武器的裝很難拿到，新手村裡給的，也都只是最基本的白裝。

既然已經順利進入遊戲，那她當然要好好把注意力放在遊戲上，要是再去想剛才的事，她肯定會把這款遊戲當成戀愛養成遊戲來玩。

都怪巴雷特太有魅力，而且天然屬性的設定，正好是她最無法招架的對象。

「您好，泡泡鈴，歡迎來到……」

「廢話少說，趕快把裝備給我。」

俞思晴黑著臉，活像是要脅人的黑道，連NPC也被她嚇了一跳，果斷放棄基本的對話內容，將東西交給她。

就連旁邊的玩家也都被她嚇得退避三舍。

巴雷特看到其他人的反應，忍不住對俞思晴說：「主人，您還真有氣勢……」

「才、才沒有，我只是想趕快玩遊戲。」

「您是在掩飾害羞吧。」

「害害害……害羞？你你、你在說什——」

俞思晴轉過身，發現巴雷特的臉離自己只有短短幾公分的距離，嚇得她手忙腳亂，迅速倒退。

巴雷特覺得有趣，跟著往前追，兩人就這樣直接退到了牆邊。

望著巴雷特笑嘻嘻的表情，俞思晴只能張著嘴巴，連聲音都發不出來。

「真可愛。」

「你你你，這也是你的程式設定對吧！」

慌張的俞思晴，用盡所有力氣對他吶喊。

但巴雷特卻歪著頭，看起來有些困惑。

「您是指我的個性設定嗎……或許是吧，但我對您說的每句話，都是發自真心喔。」

他笑著輕撫俞思晴的臉頰，「我只是誠實地把感覺告訴您。」

就是這點可怕啊！

俞思晴在心中大聲喊叫，到底有誰能夠幫助她解決這個窘境——

不知道上天是不是真的聽見她的願望，她的通訊程式傳來嗶嗶聲響，這才打破他們之間的曖昧氣氛。

巴雷特稍微退開，不用看也能明白是怎麼回事。

「有位玩家想與您聯繫，主人。」

俞思晴還在拍著胸脯，想盡辦法讓自己別再緊張。但在聽見巴雷特說的話之後，她立刻聯想到是誰，便打開通訊器。

透明螢幕出現在俞思晴眼前，陌生的玩家角色，一見如故地向她招手。

「喂喂，是小鈴吧？」

熟悉的聲音，讓俞思晴冷靜下來，「安，妳打來的正是時候。」

「咦？什麼什麼，難道發生什麼有趣的事嗎？快告訴我！」

「……沒什麼有趣的事情，妳現在在哪？」

「在解主線任務，妳來不來？」

俞思晴偷偷看巴雷特一眼，尷尬地回答：「呃，晚點再說，我還沒去公會。」

「什麼？妳動作怎麼這麼慢，我還以為妳已經開始練等了。」安嘟起嘴，看起來相當不開心，像是鬧脾氣的孩子。

接著她看到站在俞思晴身後的巴雷特，忍不住驚呼：「哇！小鈴，那是妳的ＡＩ武器？」

聽見安提起他，巴雷特就用迷人的微笑，向她表示善意。

「安，口水口水。」

安趕緊擦掉口水，興奮地對她說：「小鈴，妳的武器也太美形了吧！真羨慕妳。」

「我已經確切感受到了。巴雷特實在太過顯眼，害我到哪都變成焦點。」

「這樣很好啊！幻武神話本來就是戀愛養成的戰鬥遊戲。」

「……等等等，給我等一下，戀愛養成？我完全沒聽說這件事啊！」

「妳別緊張，我所謂的戀愛養成，是指ＡＩ武器之間的戀愛養成。玩家主要只是培養及使用武器而已。」她掩著嘴，偷笑道：「妳該不會以為是讓玩家跟ＡＩ武器談戀愛吧？」

被說中心思，讓俞思晴頓時啞口無言，表情尷尬。

「嘻嘻嘻，這也難怪，畢竟妳的ＡＩ武器超帥的。」

「別調侃我了，安。」

安提到的戀愛養成，她是知道的。

不過她本來就不打算玩這部分，所以並沒有深入了解，大概就是玩家之間能讓ＡＩ武器聯姻。

雖然不懂這個設定的意義何在，但對部分玩家來說，還是挺有趣的。

「好啦好啦，不鬧妳。妳趕快去公會交誼廳，這樣我們才能一起練等。」

「說到這個，我怎麼沒看到妳的ＡＩ武器？」

「啊……說來話長，等之後我再介紹給妳認識。」

不知道為什麼，提起自己的ＡＩ武器，安的態度就有些古怪。

但對俞思晴來說，安的個性本來就很奇怪，所以並沒有懷疑，反倒是巴雷特皺起眉頭，覺得事情不太對勁。

「好吧，那我先去公會一趟，之後我再跟妳聯繫。」

「嗯，記得把我加入好友喔。」

「會啦，別擔心。」

和安結束通話後，她的腦袋裡想的都是剛才安所提到的「戀愛養成」這塊。

幻武神話這款遊戲有相當多的副本路線，「戀愛養成」也是其中一部分，但安說得太過簡略，讓她有些好奇。

看來這個「戀愛養成」，應該不單單只是字面上的意思，她之後得好好研究這個副本路線才行。

既然是幻武神話的副本，就一定有它的用意。

「戀愛養成……嗎？」

她喃喃自語，轉而看著巴雷特的笑臉。

總覺得這個副本對她來說，應該不會太過困難。

俞思晴帶著巴雷特來到公會，發現這裡早就聚集許多玩家，似乎是在與彼此公會中的伙伴做初次交流。

她滿心期待地看著其他玩家攜帶的武器伙伴，果然每個人顏值都很高，不過相較之下，還是巴雷特略勝一籌。

而且在她進入公會交誼廳之後，巴雷特馬上就成為女性玩家的焦點。巴雷特人也很好，對每個前來搭訕的女性玩家，全都非常溫柔、禮貌，不會拒絕任何人。

俞思晴想著這樣也好，免得巴雷特跟在身邊，會讓她心神不寧。

來到櫃檯前，戴著眼鏡的女性員工非常有禮貌地向她行禮，「您好，請問需要什麼樣的服務？」

「我來申請進入公會。」

「好的，請稍候。」

說完，女性員工拿出七彩色手環，套在她手腕上。

手環連接著一條很難用肉眼看清楚的銀色細線，直通高掛在後方牆壁的螢幕，可以讓她看清楚自己所屬的公會名稱。

「嗶、嗶嗶！公會登入完成。」手環發出聲響，「恭喜您順利進入新傳說聯盟。」

在發表隸屬公會的同時，手環自行斷裂，成為光點。

俞思晴叫出系統螢幕，看著自己名稱旁邊出現公會，便離開櫃檯。

「聽起來是個很正常的公會，應該能相處得來。」

公會選單有著簡單介紹與線上人數，透過系統還能看到各成員目前的所在位置，挺方便的。

注意到會長的位置就在交誼廳裡，俞思晴打算先去打聲招呼。

大家都剛進入遊戲，沒有所謂的老手，起步點是相同的，所以組隊打怪練等是最快的方式，在遊戲中也能互相有個照應。

「巴雷特，我們過去跟會長打聲……招……呼？」

「呀！好帥好帥好帥好帥！」

回到巴雷特身邊，就看到有名金髮美女不停繞著巴雷特，興奮地大叫，就像看到明星。

其他人都因為她過於誇張的態度紛紛後退，巴雷特的身邊頓時變得非常空曠。

眼前情況讓俞思晴不知道該不該過去。

正當她猶豫時，金髮美女突然轉過頭來，接著加快腳步衝上前，握住她的雙手，雙眼閃閃發亮。

「哇啊啊啊！連主人也好可愛！」

俞思晴臉色鐵青，完全搞不清楚狀況。

直到她看見金髮美女的名字，以及所屬的公會名稱，才恍然大悟。

「妳、妳就是「新傳說聯盟」的公會會長？」

「是的！」

她放開俞思晴的手，自轉一圈，露出可愛的吐舌姿勢，「我就是會長，耀光精靈！」

「耀光，妳這樣會嚇到新人。」

戴著眼鏡，看起來相當成熟穩重的男人走過來，把耀光精靈的臉從俞思晴面前推開，並向她道歉，「不好意思，會長是個怪人。」

這個玩家顯示的公會名字與她相同，看他跟耀光精靈的互動，似乎是認識的朋友。

她確實有點被耀光精靈嚇到，但她遇過的怪人很多，早已見怪不怪。

「沒關係。」她友好地向他介紹自己，「我是泡泡鈴，請多指教。」

男人微微一愣，禮貌回答：「請多指教，我叫銀。」

「你別趁機泡妞，銀。」

耀光精靈用肩膀推他，嘟起嘴，滿心不快地抱怨。

銀暴出青筋，不快地回答：「是妳先跑過來打擾別人的。」

「呿，結果又是我的錯。」

「耀光！」

「好啦好啦。」耀光精靈像個貪玩的孩子，不受勸阻，自由自在。

她跳著跑過去勾住巴雷特的手臂，掩飾不住喜悅。

「好幸運啊，這帥哥是我們公會成員的武器，嘻嘻。感覺很光榮呢，好像搶到好東西。」

巴雷特不太明白耀光精靈的意思，也不喜歡被她拉著手，便推開她，慢慢走回俞思晴身邊。

雖然被巴雷特拒絕，但耀光精靈還是開心不已，不斷揮舞雙手，激動地對銀說：「你看你看你看！好可愛啊！忠心耿耿的武器真好。」

「咦？」俞思晴覺得奇怪，忍不住問：「AI武器不都這樣嗎？」

銀見她似乎不知道這件事，便開口解釋：「AI武器就像人類一樣，擁有各種性格，妳的武器比較老實、忠心，我和耀光就沒這麼幸運。」

提到這件事，銀看起來很頭痛，「照這樣子來看，武器的性格設定差異也太大了，要是公測後能稍微修正這點就好了。」

「話說回來，好像沒看到你們的武器？」

「是啊。」

銀忍不住嘆息，「因為我的武器方向感極差，一不小心就會走散，耀光的武器則是討厭人多的地方，所以沒有跟她來交誼廳。」

「原來是這樣。」

俞思晴頓時明白「家家有本難念的經」這個道理。

「妳剛完成入會申請，表示還沒開始使用武器吧？」

「嗯，我正打算到NPC推薦的心湖附近練習。」

銀和藹可親詢問俞思晴的態度，讓在旁觀看的耀光精靈忍不住勾起嘴角，用手肘戳他，「什麼什麼？銀，你該不會真的想泡她吧？」

耀光精靈雖然漂亮，說話口吻卻像個男人，讓人覺得可惜。

銀黑著臉，用非常恐怖的眼神回頭瞪她。

所有人都被這如同閻羅王的可怕表情嚇得膽顫心驚，唯獨耀光精靈仍傻里傻氣地笑著，根本沒把他的威脅當一回事。

外表越溫和的人，生起氣來越可怕，恐怕銀就是最典型的例子。

「沒妳的事，給我去練等！會長等級太低，可是沒辦法統御公會成員的。」

「才登入沒幾個小時，你就開始擔心這件事。」耀光精靈不高興地嘟起嘴抱怨，「所以我就說，會長讓你來當就好，你偏偏不要。」

「哼。」銀非常帥氣地推眼鏡，眼神閃亮地回答：「我討厭麻煩。」

能用認真表情說出這幾個字的銀，在某種意義上，古怪程度不遜耀光精靈。

俞思晴除了笑之外，實在不知道做何反應才好。

「抱歉，耀光太吵了。」

銀抓住耀光精靈的頭，不顧她大吵大鬧，向俞思晴道歉，「心湖那邊確實比較適合練習武器。等妳上手，就通知我們，組隊練等的話效率比較好。」

銀的想法和她一樣，俞思晴自然沒有拒絕的道理。

只不過，耀光精靈說得沒錯，銀對她確實親切過頭。

「好……謝、謝謝。」除了道謝，她實在不曉得該怎麼面對銀。

俞思晴很快地向兩人道別，急急忙忙拉著巴雷特離開。

她匆忙離去的態度，讓銀有些失落，耀光精靈倒是完全不意外，理直氣壯地指著他的鼻子說：「你看，人家對你起疑心了。都怪你態度太奇怪，就算同公會，也不會這麼熱心。」

完全被耀光精靈說中，讓銀無話可說，心虛地低下頭。

難得看銀露出這種表情，耀光精靈不免搖頭嘆氣。

「唉，真是拿你沒辦法，雖然我知道你為什麼會這樣啦……」

因為俞思晴的玩家名稱裡有個「鈴」字，那正是銀在尋找的人。

網路世界虛幻不定，透過程式控制角色的，不知道是什麼樣的人，但銀卻不小心愛上對方，從此之後發誓絕對要找到她。

「就算她玩家名稱裡有「鈴」字，也不代表她就是你要找的那個人。」

「我知道，但我還是會忍不住去在意。」銀推著眼鏡，十分有自信，「她絕對會玩這款遊戲，所以我——」

「一定要找到她是吧？我知道我知道。」耀光精靈吹著口哨，不是很在意。

她會陪銀待在這裡，是因為每個玩家都必須到這裡報到，這樣就能增加找到人的機率。

但是，他們的線索很少，除了知道那個玩家是遊戲高手、角色取名習慣加「鈴」字之外，什麼都不知道。

這樣就跟大海撈針沒什麼兩樣。

「我會幫你的，不過你別對每個有「鈴」字的女玩家……喂！聽我把話說完！」

話還沒說完，銀雙眼一閃，快步走向名稱為「珍珠鈴鐺」的女性玩家，非常紳士地和對方打招呼，簡直就是搭訕老手。

耀光精靈煩躁地搔著頭，無可奈何，只能跟過去。

誰叫他用免費的封測帳號，跟她交換條件，逼不得已只好陪他找人。

希望真的能如願找到那名玩家，讓她早點解脫，快快樂樂玩遊戲！

「那個人真奇怪，該不會我運氣就這麼糟糕，進入到一個奇怪的公會？」

俞思晴還在思考銀和耀光精靈的事，總覺得他們待在交誼廳，並不是為了找迷路的武器，而是另有目的。

依照他們熟悉彼此的態度來看，似乎早就認識，沒想到他們這麼幸運，竟然能分到同一個公會。

封測時期的公會會長，是最先登入的幾名玩家，簡單來說就是比網速的，誰的網速快，誰就有機會先建立公會。

俞思晴向來對管理職位沒什麼興趣，所以封測開始後並沒有馬上登入，而是等其他玩家搶完公會會長職位後，再悠閒地進入遊戲。

「我覺得他們挺親切的。」巴雷特笑盈盈地說，與露出倦怠表情的俞思晴完全相反。

看到他的笑臉，俞思晴這才想起自己竟然還拉著他的手，紅著臉連忙鬆開。

巴雷特對她的反應沒有任何想法，繼續剛才的話題。

「您不喜歡那兩個玩家嗎？」

「沒、沒這回事，我才剛跟他們認識幾分鐘而已，根本說不上喜歡討厭。」

俞思晴別開眼，故意加快腳步往前走，想跟巴雷特保持距離，這樣才能讓自己的心臟別再狂跳不止。

但是，巴雷特的速度卻比她還快，不一會兒就與她並肩走。

無可奈何的俞思晴，只好盡量不去看他。

巴雷特總算對她的態度有了反應，他四處張望，小跑步地從旁邊撿起大型芭蕉葉，遮住自己的臉，站在俞思晴面前。

「如果您不喜歡我的臉，那我就這樣擋著。」

俞思晴嚇了一跳，訝異地瞪大雙眼，沒想到自己害羞的反應，竟然會被巴雷特誤解。

想起新手村的農婦也有過同樣的想法，俞思晴就忍不住對自己生氣。

她走過去，把芭蕉葉拿開，盡量讓自己不要這麼緊張。

說實在話，她覺得現在的自己就像情竇初開的小女孩，怪不好意思的。

明明都已經是個高中生了，而且也不是第一次遇到這種臉紅心跳的情況，但她就是沒辦法正視巴雷特。

抬起頭，與巴雷特對上眼。

在練習戰鬥之前，她是該好好冷靜下來，要是連武器都無法使用，她就沒辦法繼續玩這款遊戲了。

巴雷特不停對她眨眼，最後給她一抹微笑。

俞思晴的心臟差點沒停止。

「主人是在擔心我嗎？真的好溫柔。」

「才不是這樣。」

俞思晴鼓起臉頰，用芭蕉葉遮住自己的鼻子與嘴巴，「我只是覺得很不好意思而已，該怎麼說呢……你的長相是我的菜。」

「原來是這樣。」巴雷特鬆了口氣，「我還以為您不喜歡我。」

「就是因為喜歡才煩惱啊……」

俞思晴小聲地咕噥著，不想讓任何人聽見。

和巴雷特說幾句話之後，她發現自己沒那麼緊張了，便重新邁步向前，「我們去心湖吧，我得先學會使用你才能去玩主線任務。」

巴雷特轉身跟上她，「是，您需要我帶路嗎？」

「不用，我方向感好得很，而且也不是路痴。」

俞思晴加快腳步，想早點到達心湖，她很怕跟巴雷特之間太過安靜，會讓氣氛變尷尬。

巴雷特安靜地跟著，一路上總是露出淺淺的微笑，溫柔的態度吸引不少玩家注目。

他就像是閃閃發光的王子，不管到哪裡遇見誰，都會讓人無法移開目光，或許這就是她的武器特有的「屬性」。

只是，遊戲介紹裡並沒有提起這件事，讓她不禁懷疑，巴雷特是不是所謂的特殊武器。

不管怎麼說，她會這麼在意巴雷特，肯定也是受到「屬性」設定的影響。

嗯，沒錯，絕對是這樣。

俞思晴知道她不過是在自我安慰，但這樣才能夠讓她別胡思亂想，畢竟她期待這款遊戲很久，不能因為這點小事退縮。

「主人。」

「都過這麼久了，好歹改個稱呼吧。」

俞思晴嘆口氣，把手扠在腰上，「直接喊我的名字就可以，別這麼畢恭畢敬的。」

「是，那麼……思晴？」

俞思晴差點沒咬到自己的舌頭，她驚恐萬分地看著對自己微笑釋出善意的巴雷特，說不出話。

她是要他直接喊名字沒錯，但沒說要喊真名啊！

「你為什麼會……」

「我是妳的ＡＩ武器，所以知道妳的基本資料，身為妳的伙伴，必須了解妳才能夠與妳搭檔。」

「不需要了解這麼多，好好玩遊戲就可以了！」

「是嗎？」巴雷特似乎沒想到俞思晴會生氣，摸著下巴深思，「雖說這是原先設定好的程式，但如果思晴不喜歡，我可以不做。」

俞思晴已經全身起雞皮疙瘩了，她不是討厭，而是害羞到不行！

「別這樣叫我！在遊戲裡叫我小鈴就好。」巴雷特因為她不開心而困擾，所以俞思晴便轉而用平和的態度對他說：「算我拜託你，別突然叫我的名字。」

「那麼，只要先告知就沒問題嗎？」

巴雷特充滿期待地看著她，害俞思晴根本沒辦法狠下心拒絕。

於是她只好退一步說：「沒、沒有其他人在的話就可以。」

「我明白了，與您的約定我已經錄音記錄在檔案中，請您要說話算話。」

「別把記憶體浪費在這種事上。」

「不要緊，我的記憶體容量很大。」

「才不是這個問——」

「心湖到了，小鈴。」

巴雷特刻意結束這個話題，讓俞思晴就算想說也沒辦法說下去。

她的武器似乎沒有她想像中那般「天真」又「和藹」？

慢慢開始明白自己武器的真實個性，讓俞思晴覺得有些不妙。

「果然是個適合練習武器的地方。」

俞思晴站到崖邊，凝望這片湖泊。

深藍的水色，清澈見底，甚至能看見水面下有什麼樣的動物。

通常遊戲世界裡的動物都沒有血條，就算殺死也不會得到經驗值，但這款遊戲不同——只要是打倒存在於遊戲世界中的任何動物，都能取得經驗值，甚至還會有特殊獎勵。

小至老鼠，大至大象，這世界的動物擁有隱藏血條，所以無法看見牠們身上帶有什麼物品，一切靠運氣。

「我大概明白為什麼那個農婦NPC會說這裡適合練靶了。」

俞思晴原先認為，這個地方不過是普通的怪物出沒點，肯定會有不少玩家在搶定點位置，但她錯了。

這裡什麼人也沒有，更正確地來說——這裡是遠距離武器專屬的靶場，除非使用的是相似武器，否則根本不可能打得到怪。

圍繞這整座湖泊的，是九十度垂直的壁崖，往下七、八百公尺，才是湖水。除非會飛，否則就只能泡在水裡，根本沒有站著的地方。

「看來應該能比預定時間還早上手。」俞思晴說完，朝巴雷特伸手，「我們開始吧，巴雷特。」

「是，我的主人。」

巴雷特溫柔地握住她的手，親吻她的手背。

接著他的身體化作白色的有形微風，在她手中凝聚成一把白色的狙擊槍。

初次看到巴雷特化作武器模樣，應該是很值得興奮的事，但俞思晴卻沒有心思去欣賞，而是滿臉通紅地捧著它，不知道如何是好。

讓她小鹿亂撞的原因不為別的，正是手背傳來的柔軟觸感與溫度。

原以為自己已經能正常面對，沒想到，突然被巴雷特親吻，還是讓她難以掩飾害羞的心情。

「啊——真是的！」她抱著狙擊槍，蹲在地上，將臉埋入手掌心裡。

這樣她還能用平常心好好玩遊戲嗎！

第三章　湖之心（上）

Sniper of Aogelasi

狙擊槍的使用方式，確實比弓箭、手槍還要難上許多，外加遊戲公司著重真實性，狙擊槍本身也沒有輕到哪去。

即便「槍族」擁有優於所有武器種族的速度，她還是覺得自己執槍時舉步維艱。

俞思晴疲倦地盤腿坐在地上，擦拭槍身，忍不住抱怨：「你還真重。」

「我很注重身材，重量應該沒有超過基本標準。」巴雷特誠懇地回答，並不覺得自己很「重」。

只要巴雷特變回狙擊槍的模樣，俞思晴就覺得自己能冷靜下來，不會那麼害臊，索性直接要求巴雷特暫時不要變回來。

但是，她沒辦法一直扛著狙擊槍行動，這重量可不是開玩笑的。

搞不好她的遊戲角色，真的會被她練出肌肉來。

「小鈴真的好厲害，練習不到二十分鐘，就能讓命中率達到百分之八十七。」

「這你也會記錄？」

「是的，只要是有關小鈴在遊戲中做的事情，我都知道。」

「用對方式的話，倒是挺方便的。」

「您不生氣？」

「你要是繼續對我用敬語，我就會生氣。」

「如果小鈴不喜歡，我就不說。」

就算巴雷特是狙擊槍模樣，俞思晴彷彿還能看到他笑嘻嘻的表情，不禁加重力道，把幻覺從腦袋裡趕出去。

「痛痛痛，小鈴，好痛！」

「啊！抱、抱歉。」

巴雷特毫無預警地變回人形，躺在俞思晴大腿上，表情痛苦地看著她。

他抬起頭，正巧對上俞思晴的雙眼，還沒來得及開口道歉，他的臉就被抹布蓋住，接著便聽見俞思晴的尖叫聲。

「呀啊啊啊啊！」

俞思晴使盡全力將巴雷特推開，心臟彷彿瞬間漏跳一拍。

「你別突然變回來啊！」

「對不起，我一受到刺激就沒辦法控制。」巴雷特內疚地向俞思晴道歉，看她表情痛苦，還以為她身體不舒服，「小鈴，妳身體不舒服嗎？怎麼一直摀著胸口？」

「是被你嚇的。」俞思晴好不容易才讓自己冷靜下來，「下次別這樣做，對心臟不好。」

巴雷特除了感到抱歉外，根本沒辦法反駁，低頭跪坐在地，看起來相當可憐。

俞思晴於心不忍，只好原諒他。

「你受到刺激就會變回來？」

「是、是的，因為ＡＩ武器的主要型態是人形。」

「雖然是武器，主要型態卻是人形？」俞思晴感受到設計這套遊戲的人的惡意，這根本是故意的，「真不知道設計你們的人在想什麼。」

「我也沒見過他，畢竟所有ＡＩ武器，都是原型的複製體。」

「原型？那又是什麼，我怎麼沒聽說過？」

「這是我們ＡＩ武器的支線任務，如果妳有興趣，我之後可以帶妳去解。」

俞思晴確實有興趣，這個情報對她來說相當有價值，讓她興奮起來。

「要解這個支線任務，應該有前提吧？」

巴雷特點點頭，「首先，等級必須到達五十，其次就是要進入「荒蕪沙漠」得到特殊道具，才能夠開啟通往武器故鄉的通道。」

「原來是這樣，聽起來真有趣。」

看到俞思晴開心的表情，巴雷特這才鬆口氣。

「小鈴真的很喜歡玩遊戲呢。」

「這是當然。」俞思晴笑嘻嘻地對他說：「因為我最喜歡看故事了！」

俞思晴閃閃發光的表情，深深烙印在巴雷特的腦海中，他看得有些出神。

心裡還在想巴雷特剛才提到的支線任務的俞思晴，沒注意到他的反應，嘻嘻笑著，喚出系統，認真做筆記。

「不用筆記也沒關係，等級到的時候我會通知妳。」

「我玩遊戲習慣自己來，你不要多話。」俞思晴鼓起臉頰，悶悶不樂地對他說：「解任務可是玩家的樂趣，如果總是被動地由程式提醒，不就太無趣了？」

雖說巴雷特不太清楚俞思晴在意的點，但既然被玩家要求，身為武器的他，自然不會拒絕。

於是他笑嘻嘻地回答：「是，遵命。」

就算巴雷特沒有說出口，俞思晴也知道自己的「興趣」有些特別。

她長嘆口氣，起身道：「我們走。」

「不繼續練靶？」

「我大概明白你的使用方式了，接下來需要的是實戰經驗。」

「實戰經驗的話，我建議先從支線任務開始，遊戲中的主線任務比較特別，先藉由支線任務升等後再去進行，會比較順利。」

「你的意思是，主線任務幾乎都是戰鬥？」

按照巴雷特的意思，沒有實戰經驗的玩家，直接進行主線任務會比較容易掛掉，這讓俞思晴很感興趣。

「好像很好玩！好，那就先從支線開始。」

她打開地圖，尋找附近有沒有支線任務的ＮＰＣ，還沒仔細看清楚地圖模樣，後面的樹叢突然冒出一個人影，朝她撲來。

「哇啊！」

「咦？什、什麼？」

對方撲了個空，趴跌在地滑行一段距離，還沒回過神來的俞思晴，直到看清楚那嬌小的身軀後，才意識到自己被人摟著腰。

她臉色蒼白地回過頭，巴雷特的大臉瞬間占據她的視線，她嚇得連聲音都發不出來。

「妳沒事吧？小鈴。」巴雷特有些生氣，瞪著撲倒在地的小孩，「那個ＮＰＣ是怎麼回事，突然攻擊玩家是禁止的，被ＧＭ發現，就會立即刪除……小鈴？」

「快快快快放開我啦！」俞思晴用力推開他的胸口，堅持與他保持「安全距離」，可是巴雷特的力氣卻比她想的還要大，根本就推不動。

「是。」巴雷特不疑有它，果斷順從俞思晴的命令，鬆開手。

重獲自由的俞思晴連忙大口喘氣，不知道讓自己心臟狂跳不已的原因，是因為被這個突然冒出來的小孩ＮＰＣ嚇到，還是因為被巴雷特摟住腰。

「那個傢伙是怎麼回事？」她將注意力轉向倒地不起的ＮＰＣ，因為緊張的關係，口氣有些不好。

小孩ＮＰＣ慢慢爬起來，泫然欲泣地轉頭看她，頓時讓俞思晴閉口不語，深深的罪惡感浮上心頭。

灰頭土臉，衣服破破爛爛，腳上也沒穿鞋子，被小石頭割出好幾道傷口，讓人心生不捨。

俞思晴的火氣，頓時消下來。

「你……」才剛開口，想要詢問這個ＮＰＣ是什麼情況，草叢後方傳來野獸的吼叫聲，接著巨大的白色長毛野獸，揮舞利爪撲向她。

「小鈴！」巴雷特沒想到這個區域竟然會有這種怪，再次抱起俞思晴，飛快地閃躲過去。

他蹲低身體，滑行一段距離，才好不容易停下來。

被他橫抱在懷中的俞思晴，早就已經忘記羞怯，目不轉睛地看著那隻兩層樓高的怪物。

「牠不是這個地圖的怪物。」巴雷特嚴肅地壓低雙眸，向俞思晴解釋：「緹絲蒂娜的惡魔，白夜，是副本裡的王級怪物。」

「什……副本的王？」俞思晴指著那隻舔著牙齒、步步逼近那名顫抖ＮＰＣ的怪物，驚恐萬分，「為什麼牠會出現在這？難道是系統出問題？」

「這我也不知道，但副本王怪擅離職守，ＧＭ絕對會注意到。」

「意思是，我們只要待在這裡，等ＧＭ過來處理就好？」

「是的。」

俞思晴知道這才是最正確的方法，可是看到小孩被野獸攻擊，怎麼樣都靜不下心，就算知道那是ＮＰＣ，還是沒辦法壓抑心中的著急。

她抓住巴雷特的手，厲聲道：「巴雷特，變回武器型態。」

「……小鈴？」巴雷特看著那隻握住他的手，不斷眨眼，「妳打算做什麼？」

「這還用說，當然是救人。」

「那不過是ＮＰＣ，就算被王怪消除也不會有事。」

「我才不管。」俞思晴第一次用認真的表情，正視巴雷特，「反正我就是看不下去。」

巴雷特睜大雙眼，隨即露出笑容，應聲道：「我明白了。」

他低頭親吻俞思晴抓住自己的手，化作白色旋風，凝聚在她懷中。

俞思晴單膝跪地，舉起槍口對準那隻王怪，槍口四周被魔法陣圍繞，腳下也出現以不同方向旋轉的雙層魔法陣。

「填彈，確定目標。」

「已確定，一〇二號子彈裝填完畢。」

「聽我的命令，倒數五、四、三、二——」

王怪感覺到魔力反應，銳利的目光轉移到俞思晴身上，張開血盆大口，朝她飛撲而來。

強而有力的尾巴幾乎將附近的樹木折斷，排山倒海的氣魄，讓人忍不住停止呼吸，但是手中握有狙擊槍的俞思晴，卻異常冷靜地待在原處，等牠靠近。

在牠縮短與自己的距離、舉起爪子的瞬間，扣下扳機。

「零距離狙擊！」

黃色子彈貫穿王怪的胸膛，炸出一個大洞，氣勢昂然的王怪頓時兩眼翻白，全身癱軟地側躺在地，沒了反應。

俞思晴見牠漸漸化作光點消失，才鬆口氣，讓巴雷特變回人形。

「還好這隻王怪不難打。」她打開系統螢幕，查看自己打敗的王怪資料，順便看到世界公告顯示自己打敗王怪的消息。

雖說這王怪的等級與自己相差有段距離，但血量不高，只要用她的技能「零距離狙擊」，就能瞬間解決。

她的技能都是遠距離居多，近距離的只有這個，而且攻擊力還比其他技能高上許多，所以她有點好奇，它到底有多強威力。

心湖這裡只能試驗遠距離的攻擊，湊巧這隻王怪出現，讓她有機會測試。

「這項技能真的很厲害。」她不禁感慨，沒想到自己竟然能一擊打敗比自己高等級的副本王怪。

槍族的攻擊力並不高，尤其是她手中的狙擊槍，應該是距離越遠，攻擊力越高才對，但這個技能卻打破既定印象。

「但是需要很長的恢復時間。」巴雷特的臉上明顯有著倦容，「不過，能順利打倒牠就值得了。」

這項技能會耗費武器大量體力，他需要時間休息，卻也擔心這段期間如果遇到其他敵人，就會沒辦法保護俞思晴。

俞思晴本人倒是不太在乎，趕緊跑過去扶起膽怯發抖的小孩ＮＰＣ。

「你還好嗎？」

「啊……謝、謝謝。」小孩抬起頭，眼神閃閃發光地看著俞思晴，「姐姐，妳好厲害。」

「沒事就好，趕快回家，別在森林裡逗留。」俞思晴對路人ＮＰＣ設定的對話內容沒什麼興趣，反正人救下就好。

正當她打算轉身離開，小孩突然拉住她的手，讓她停下腳步，困惑地看著他。

「姐姐，妳是幻武使？」

對遊戲當中的ＮＰＣ來說，玩家是這個世界的特殊存在，是能夠使用「武器」的「幻武使」，知道這個設定的俞思晴，並不感到意外。

只是小孩的態度，有些古怪，引起她的注意。

她總覺得，這個ＮＰＣ似乎有點不同。

「我是啊……」

「既然如此，姐姐妳能幫我嗎？」

小孩ＮＰＣ像是在大海中找到浮木，緊抓著她不放。

俞思晴無可奈何，想甩開卻又不忍心，如果這小孩是有任務的ＮＰＣ，頭上應該會有黃色倒三角形的符號才對，可是她怎麼樣都找不到。

這時，恢復體力的巴雷特走上前，用力抓住小孩的手，讓他放開俞思晴。

小孩抬頭看見巴雷特黑臉微笑的表情，嚇得雙眼噴淚，慌慌張張將手抽回。

「一個沒有任務的NPC，憑什麼向玩家提出要求？」

「對對對對不起！」

巴雷特的威嚇感太可怕，讓小孩嚇得連滾帶爬，頭也不回地跑進森林裡。

恢復自由是不錯，但巴雷特趕走他的方式，有點誇張過頭。

「所以我才說，不用幫這種NPC。」巴雷特用「早知道會發生這種事」的表情，略帶責備地對俞思晴說：「這款遊戲不只有我們武器擁有AI智慧系統，不少NPC也有同樣的設計。」

「雖然我聽說過這款遊戲相當著重「現實」感，但我不知道除了武器外，也有AI系統的NPC。」

「遊戲公司並沒有對外公布，算是驚喜，只有玩過封測的玩家才會知道。」

「原來是這樣。」

剛開始不明白的點，在經過巴雷特的解說後，漸漸理解。

這讓她對遊戲內容更加期待了。

「好有趣，跟我一樣被嚇到的玩家應該不少。」

「就目前的統計來說，大約百分之九十七以上的玩家都與妳有相同反應。」

「這你也知道？」

「是的。」

互動性高，就更有身歷其境的感覺，她當初就是衝著這點搶封測帳號，看來她的決定沒錯，這款遊戲的確如她所期待那般好玩。

「可是，就算有ＡＩ系統，也不會向玩家提出要求。」巴雷特小聲低語，不自覺地望著小孩離去的方向，「副本王怪出現在一般地圖這點也很奇怪，總覺得好像有什麼內情……」

「既然這麼在意，我們就跟過去，看看到底是怎麼回事。」俞思晴笑嘻嘻地對他說，她可沒漏聽巴雷特說的話。

巴雷特愣住，看起來不是很想插手，卻還是因為無法拒絕主人要求的設定，點頭答應。

「如果小鈴想去的話。」

「那就這樣決定了。」

俞思晴打開地圖，搜尋附近的ＮＰＣ反應，很快就在森林深處發現剛才離開的那名小孩ＮＰＣ。

只要與玩家接觸過的ＮＰＣ，都會在地圖上顯示所在位置和名字，但很奇怪，地圖就只有顯示小孩的位置而已。

俞思晴雖然覺得古怪，但副本王怪都跑出來作亂，她自然也沒去在意。沒過多久兩人便穿過森林，來到心湖附近的小城鎮。

地方雖小五臟俱全，逗留在這邊的玩家也不少。

俞思晴很開心地在街上逛著，因為在心湖定點打靶的關係，讓她存了不少錢，加上剛才打倒副本王怪後，有得到特殊戰利品，賣給商店後更是有大筆金錢入帳。

開開心心看著完美的金幣數字，俞思晴不禁想，如果這是現實世界中的存摺，該有多好。

「小鈴，那個ＮＰＣ在這邊。」

在外面等待她換錢回來的巴雷特，依照俞思晴的指示，在附近尋找那個小孩ＮＰＣ的下落，果然順利在附近看到他。

俞思晴趕快過去跟巴雷特會合，小心翼翼地躲在房子後面，偷偷窺伺那個小孩ＮＰＣ。

說也奇怪，那裡聚集了許多玩家與小孩，似乎在討論什麼。

被她救下來的小孩ＮＰＣ，似乎因為沒帶回玩家的關係，正被其他ＮＰＣ欺負嘲笑，讓人看得一肚子火。

「原來是帶玩家回來參加任務的模式。」這種任務，她以前曾經在其他實境遊戲中見過，只不過不會這麼「真實」。

在她眼前的，可是「ＮＰＣ之間的霸凌」場面。

「又只有你沒把幻武使帶回來，真是廢物。」

「肯定是因為你太笨，才沒有幻武使要你。」

將他圍起來的小孩們，不斷嘲笑他，甚至對他拳打腳踢，真的很難想像他們是遊戲程式設計的ＮＰＣ角色。

俞思晴越看越不高興，快步走過去，站在倒地的小孩面前，怒瞪這些欺負他的孩子們。

所有人看到俞思晴，全都嚇了一跳，目不轉睛地盯著她。

「什、什麼啊……」

「這女人……是幻武使？」

他們馬上察覺俞思晴的身分，變得畏畏縮縮，看起來他們似乎還有「ＮＰＣ

不准對玩家出手」的基本觀念。

俞思晴利用這點，大聲喝道：「不許你們欺負他！」

所有人僵住身體，你看我、我看你，悻悻然離去。

待他們全部散去後，俞思晴才伸手把小孩扶起來。

這孩子膽怯地用手背擦去臉上的泥沙，髒兮兮的模樣讓人不想靠近，可是俞思晴卻不在乎地拉住他的手，笑著說：「剛才真對不起，我的武器嚇到你了？」

小孩睜大眼睛，眼眶濕潤，撲進俞思晴懷裡痛哭失聲。

沒料到他會有這種反應，俞思晴不知道該做何反應才好，直到巴雷特黑著臉，把小孩從俞思晴的懷中拎起來。

感覺到巴雷特刺人的視線，小孩哭得更慘了。

「小鬼，別給我裝可憐，想藉此博得同情嗎？」

「不……不……」小孩嚇得顫抖不停，「非……非常抱歉……」

巴雷特威脅小孩的模樣，讓俞思晴覺得挺有趣的。基於保護主人的設定，武器對所有接近玩家的NPC都會帶有敵意，連巴雷特也不例外。

雖然這是遊戲設定，俞思晴還是難掩喜悅，心裡甜滋滋的。

「給我從實招來，你們這些NPC聚集在這裡做什麼。」

巴雷特不是用疑問句，而是以命令的口吻，逼小孩回答。

因為畏懼巴雷特而不敢怠慢的小孩，趕緊解釋：「鎮、鎮長要我們幾個小孩去找幻武使，讓他們去找湖之心……」

「湖之心？」

俞思晴覺得奇怪，這東西該不會跟心湖有什麼關係吧？只是顛倒過來，中間加個「之」字，這樣的設定會不會太簡陋？

巴雷特的反應與她不同，反而警惕地皺起眉，「這是怎麼回事？湖之心這個支線任務，應該是要讓幻武使直接跟鎮長接才對，為什麼要讓你們這群小孩來做，而且還要主動去找幻武使接任務？」

「你、你先把我放下來。」小孩膽怯地向巴雷特提出要求。

巴雷特不開心地瞪他，「現在只有我有資格提出要求，別以為我會——」

「巴雷特，把他放下。」

「……是。」

俞思晴直接下達命令，讓巴雷特不敢有怨言，乖乖將他放回地上。

這小孩似乎知道「武器」無法違抗玩家的命令，加上俞思晴又心軟，所以才會敢說出口。

「你叫什麼名字？」俞思晴彎下身，輕撫他的頭。

恐懼的感覺，漸漸被俞思晴的溫柔淹沒，讓他放心不少。

「我是肯特。」

「肯特，能把事情詳細解釋給我聽嗎？」

他點點頭，卻又語帶保留，「可、可是鎮長說過，我們不該向幻武使解釋這件事。」

「鎮長違反NPC的設定，沒必要聽從他的命令。」巴雷特不喜歡俞思晴溫柔對待肯特的態度，卻也無法阻止，只好順著她的意思去做。

不過，這不表示他信任這個叫做肯特的孩子。

肯特猶豫許久，好不容易放下戒心，回答俞思晴：「我們鎮上一直都是靠女神的祝福維持繁榮，代代鎮長都要負責供奉女神神官。但是最近幾天，鎮長說女神的力量衰弱，必須找到湖之心替女神恢復神力，我們鎮才能安然無恙。」

這個解釋聽起來挺有道理的，但俞思晴還是偷偷抬起眼，向巴雷特確認這件事的真偽。

巴雷特點點頭，「小鬼說的沒錯，鎮長的任務確實是讓幻武使去尋找湖之心，增強女神的神力。」

「也就是說，問題在於為什麼鎮長將這任務交給其他NPC進行。」

「因、因為……」肯特鼓起勇氣，大聲說道：「緹絲蒂娜的惡魔突然跑出副本，大肆破壞附近的結界，讓女神變得比以往更加衰弱，如果不多找幾個幻武使尋找湖之心，讓女神恢復神力的話，我們鎮……我們鎮就會……」

說完，肯特又開始哭起來。

得到想要的訊息，讓俞思晴理解鎮長想做的並不是壞事，可是她心中還是有些許的違和感。

「緹絲蒂娜的惡魔就是剛剛那隻白色野獸吧？」

「是的，但我可以確定，牠已經被妳消滅了。」

「不，王怪有固定時間重生，雖然時間比一般的小怪長，但同樣是打不死的。」

俞思晴將手扠在腰上，嘆氣道：「我只是暫時打敗牠，替其他人爭取時間。」

「大姐姐已經很厲害了！到目前為止，還沒有幻武使能夠單獨把牠打敗。」

回想起自己被白夜追的時候，雖然很害怕，但俞思晴戰勝牠的畫面，仍深深烙印在他腦海中。

因為這樣，他才會希望得到俞思晴的協助。

「組隊任務？我想也是。」俞思晴困擾地搔頭，聽說這遊戲的副本任務都必須組隊進入，既然是裡面的王怪，自然不是能單獨打敗的對象。

看樣子，她運氣真的很好。

「湖之心有很多嗎？」她向肯特提問。

肯特搖搖頭，「這個任務只能接一次，所以我們必須找不同的幻武使……」

「既然如此，也不該讓你們這些小孩去找人，萬一像剛才那樣，遇到危險怎麼辦？」

「那、那是因為，鎮長認為小孩子比較容易博取幻武使的同情，更好說服。」

巴雷特不禁用「妳看吧」的調侃眼神，注視哈哈苦笑的俞思晴。

不得不說，這鎮長還真懂得利用NPC。

「先不論鎮長用小孩NPC的目的，這件事看起來挺嚴重，NPC甚至修改任務內容……這應該是遊戲公司做的吧？」

「如果是這樣，應該會有相關公告。」

「嗯，我想也是。」俞思晴打開系統螢幕，並沒有看到公告。再說，如果真的有公告的話，那麼這裡早就已經擠滿要解任務的玩家才對。

難道是因為獎勵品不夠吸引人？

「肯特，如果我幫忙的話，鎮長會給我什麼作為回報？」

肯特面有難色，低頭拉扯自己的衣服，「鎮、鎮長說現在是非常時期，所以……」

「也就是說，這是沒有酬勞的免費工。」俞思晴終於明白，為什麼肯特會找不到玩家。

他的個性膽小，難以和人溝通，加上這工作沒有酬勞，自然不會有玩家願意出手協助。

至於其他NPC，不知道是用什麼花言巧語哄騙玩家點頭答應。

「雖然沒、沒有報酬，但是湖之心附、附近有很多很棒的掉落物……」

「結果還是要靠自己來？」

「是、是的。」肯特知道俞思晴開始後悔，便低下頭，不敢看她。

巴雷特鬆口氣，這樣的條件，絕對不會有玩家答應。

他本來就不希望俞思晴淌渾水，如果她能自己明白，就能好好拒絕肯特。

沒想到，俞思晴竟然直接了當地開口說出讓他吃驚的話。

「好啊，我去。」

巴雷特忍不住驚呼，「小鈴，妳是認真的？」

俞思晴笑著回答：「再認真不過。」

「妳知道自己答應的是什麼樣的任務嗎？」

「打完怪，拿湖之心回來給鎮長。」

「不是！別忘了緹絲蒂娜的惡魔還在外面亂竄，要是再遇見牠——」

「我就再打敗牠一次。」俞思晴雙手扠腰，自信滿滿地笑道：「這個王怪挺適合拿來練靶，你說是吧？」

巴雷特張大嘴，帥氣的臉上寫滿驚慌失措，即便他想阻止俞思晴的荒唐決定，卻還是無法違抗玩家命令。

「……是……」

肯特沒想到俞思晴會答應，終於拉到一個玩家接任務的他，開心得不得了。

「謝謝大姐姐！」

「等我完成任務回來再感謝我也不遲。」

「嗯！」

肯特伸出手與俞思晴相握，接著系統跳出提醒，顯示已接下任務。

眼看木已成舟，巴雷特只好用充滿怒火的眼神狠狠瞪著肯特，嚇得肯特躲在角落，說什麼也不敢靠近凶狠的巴雷特。

正在仔細看任務內容的俞思晴，根本沒注意到兩人在旁邊上演的小劇場，十分認真地研究任務資料。

「地點果然在心湖，因為任務名稱的關係，早讓我懷疑是不是跟心湖有關。」

任務一旦接下，就能看見裡面的詳細資料，ＮＰＣ能回答的只是片面之詞，以及配上劇情後的故事，但接下任務後，系統便會提供玩家所需資料，協助玩家進行任務。

不過在幻武神話裡，只要接下任務，就不能反悔，所以在接任務之前，必須三思。

也因為這個設定，讓肯特找玩家的困難度上升許多。

任務ＮＰＣ能一口氣讓多數玩家接任務，但普通的ＮＰＣ一次只能讓一個玩家進行——這是普通ＮＰＣ的內部設定，連ＡＩ武器也不曉得。

「怪不得那隻副本王怪會在心湖附近出現。」

「要回去心湖嗎？」

「不，相反，入口在鎮上。」

既成事實，巴雷特也只能協助俞思晴完成它。

越早解決任務，才能越早讓她遠離這個懦弱膽小的小鬼ＮＰＣ。

第四章　湖之心（下）

Sniper of Aogelasi

稍微補充道具及裝備後，俞思晴在肯特的帶領下，來到相當隱密的雪白色神廟前，這才發現自己原本待的那個地方，只不過是心湖的一部分。

正確來說，她練靶的地點，是心湖的上層，下層入口則隱藏在鎮上的神廟裡。表面的心湖是提供玩家練等的普通場景，下層區域則限定接任務的玩家才可進入。

除了俞思晴，還有不少玩家也在這裡，讓她不覺得孤單。

她原本以為，沒有報酬的支線任務，肯定不會吸引多少玩家，但她卻發現自己錯得離譜，人數比她想的還多。

光是在門口徘徊的就有二十多人，跟副本入口處沒什麼兩樣。

「無私的玩家還真多。」

「因為大家的目的都是居住在心湖底下的怪物。」

忽然聽到有人插話，俞思晴還以為對方在跟自己搭話，轉頭才發現，只不過是旁邊的玩家在聊天。

「怪不得這裡聚集不少人。」另一人聽完解釋，點頭附和，「不過，那個怪物經驗值很多嗎？」

「別開玩笑，來這裡的人，可不是賺經驗值的笨蛋。」身邊帶著瘦弱女子的男性玩家，攤手道：「據說那個怪物會掉落副手武器，而且不比主武器弱。」

「這麼好用？」

「當然！可是相對的，掉落率極低，每個伺服器只有三個。」

「到底是誰把這消息傳出來的？」

「管他是誰！反正這消息沒錯就好。」

「可是……這樣搶的人變多，機率不是就更低？」

「你是笨蛋嗎？就是因為這樣，才更要來搶啊！」男性玩家信誓旦旦地拍胸脯說：「我絕對要拿到！」

俞思晴看到兩人快步走進入口傳送點，消失不見。

幸運地得到情報，不過她也很在意，將消息放出去的玩家究竟是誰。

「只能接一次的任務，限定掉落的副手武器……」俞思晴喃喃低語，「這根本就是在玩俄羅斯輪盤，全靠運氣。」

副手武器在幻武神話這款遊戲中，是相當重要的，只不過使用次數有限，而且每次只能攜帶一種。

只要得到適合自己的副手武器，玩家在戰鬥時就能更加順利。相對的，力量也會提升。

雖然不曉得這裡的副手武器長什麼樣，既然有這麼多玩家爭相奪取，就代表它價值不低。

可是，俞思晴對於這種「機率」性質的限定武器，向來就沒什麼手氣。

「我的資料裡沒有關於這個副手武器的資料，但確實有消息。」

巴雷特早她一步搜尋系統，找到玩家放出的消息，以及那個傳聞中的副手武器模樣。

說也奇怪，無論他怎麼查，就是查不到這個副手武器的持有者名字。

他展開畫面，讓俞思晴看仔細。

「看起來只是把普通的小刀。」

刀身帶有黑綠色光芒，是刺客專用的小型短刀，看起來並沒有什麼特別不同的地方，也不起眼。

普通人根本就不會想到，這個副手武器的威力竟不輸給ＡＩ武器。

收起畫面，俞思晴就看到肯特用閃閃發光的眼神看她，她害怕地倒退兩步。

「幻武使果然厲害，好帥氣啊——」

「不准用這種眼神看小鈴，你這路人ＮＰＣ！」

巴雷特從後面抓住肯特的頭，雖然在微笑，表情卻很可怕。

即便如此，擁有吸引人目光特質的他，還是迷倒不少女性玩家。

「那個ＡＩ武器好帥！」

「好羨慕他的主人！」

俞思晴對於這些玩家的想法，早已經聽到耳朵長繭，見怪不怪。手氣糟糕到極點的她，難得能自豪，否則每次都是看著其他玩家乾瞪眼。也因為這樣，從來沒拿過什麼特殊武器的她，能夠爬上排行榜，瞬間就成為其他玩家注目的焦點。

於是關於她的傳說就慢慢傳開，到最後已經無法收拾。

雖然朋友曾安慰過她，反正這是虛擬世界，不用去在意誇張至極的謠言，但她還是很難不去在意。

「大大大姐姐！我我我的頭要碎了——」

「啊，抱歉。」沉浸在自滿中的俞思晴，這才想起肯特的存在，「巴雷特，把他放下來，別隨便欺負我的任務ＮＰＣ。」

「就算他外表是小孩，也不過是ＮＰＣ。」巴雷特心不甘情不願地放開肯特，「而且，我討厭他看妳的眼神。」

巴雷特吃醋的模樣，讓俞思晴心跳不已，就算知道這是ＡＩ武器的設定，還是忍不住給遊戲公司一個大拇指。

「咳、咳咳，我們該進去了。」俞思晴故作冷靜，用咳嗽掩飾害臊。

肯特點點頭，膽怯地說：「大姐姐，妳要小心一點。」

「放心，我很強。」她輕撫肯特的頭，「你也知道的，不是嗎？」

肯特害羞地紅著臉，用力點頭，目送俞思晴和巴雷特進入傳送點。

離去前巴雷特還不忘瞪他，意思就是要他別接近俞思晴。

肯特臉色蒼白地用力點頭，都快扭到脖子，直到他們的身影消失不見為止，才鬆口氣，跌坐在地上。

「ＡＩ武器果然很可怕……」只要想起巴雷特的眼神，就讓他無法停止顫抖。

但目前更令他擔心的，是進入心湖下層的俞思晴。

「大姐姐……妳千萬要小心。」抬起頭，將拳頭放在胸前，「如果做出讓女神震怒的事，妳的ＡＩ武器就危險了。」

寒風吹來，讓俞思晴冷得打噴嚏。

皮膚能夠清楚感覺到洞內的寒冷，根本就像在冰箱裡。

內外溫度的差異，讓她覺得身體不太舒服，其他玩家則是早就知道會有這種狀況，全都拿出道具外套穿上。

「這些人還真是準備齊全。」俞思晴邊打哆嗦，邊用羨慕的眼神看著那些玩家。

忽地，外套蓋上她的肩膀，把她嚇了一跳。

回頭看才發現，是巴雷特。

「巴雷特？」她不停眨眼，訝異地問：「這件外套是哪來的？」

巴雷特指著入口的陰暗處，沒想到在那個地方，居然有商人擺攤。

商人注意到俞思晴的視線，朝她露齒笑著，看起來狡詐又討厭。

「居然趁這機會在這大賺一筆，他還真有生意頭腦。」

幸好她存的錢夠用，加上真的很需要外套，要不然她早就拆了那個陰森的攤子。

見俞思晴在生氣，巴雷特不禁歪頭對她說：「是因為我擅自動用妳的錢，所以妳不高興？」

為了不讓俞思晴皺眉，巴雷特用手指輕輕推開她緊皺的眉間，「別生氣，我下次會先問妳。」

「我生氣的點不是……唉！算了。」

俞思晴原本想解釋，卻又覺得巴雷特不會在意這種小事。

這樣想想，心裡的氣就消下去了。

「原來ＡＩ武器可以自動使用玩家的錢？」

「嗯，僅限必要時候，而且有上限金額。」巴雷特笑著解釋，「畢竟這也算是玩家與ＡＩ武器共同賺的錢。」

這款遊戲的自由度設計，已經高到讓俞思晴無法理解的地步。

就算想要讓ＡＩ武器與玩家互動性更高，也不必讓ＡＩ花玩家的錢吧──雖然巴雷特的解釋，聽起來很有道理。

共同賺的錢，所以ＡＩ武器也有使用的資格……嗎？

「既然有上限就算了，別把我的錢花光就好。」

「就算破產，我也會加倍努力賺回來的。」

乍聽之下，真的有種新婚小夫妻的感覺，讓俞思晴心裡飄飄然的，自然沒有繼續說下去。

越是深入洞窟內部，氣溫就越低，俞思晴跟著前方玩家的腳步，不用看地圖就能到達目的地。令她意外的是，這個副本竟然不是獨立性質，所有玩家都會聚集在同一個空間裡！

也就是說，接下來肯定會有相當棘手的搶怪事件發生。

從岩壁旁抬頭仰望，可以清楚看到湖底，湖水就像是被某種力量吸引，不會掉下來，甚至能夠看見魚群在裡面游泳。

她在遊戲世界裡看過許多漂亮的場景，這裡並不算特別，況且她也不是專程來觀光的。

在湖水正下方，已經聚集許多玩家，所有人穿的服裝都經過精挑細選，看就知道價值不斐。

為了打到這個副手武器，他們似乎做足了準備。相較之下，俞思晴的裝備就簡單許多，看起來就像旁邊的路人ＮＰＣ。

肯特雖然說過，許多玩家不想接這個任務，但那些人應該都不知道這個情報，如果這件事情傳開，要找到玩家接任務並不難。

——這聽起來，相當奇怪。

要是這個情報那麼多人知道，應該早就傳入每個玩家耳中，這裡也會被塞爆。但來到這裡的人，顯然都做過功課。

俞思晴皺起眉，越想越不對勁。

「小鈴，妳不加入他們嗎？」

「先看看情況再說。」俞思晴坐在崖邊，打算先看看揮舞大劍、召集其他玩家的那個人想做什麼，再考慮行動。

打不打得到副手武器是機率問題，搶著去打也不一定能打到。靜待觀察這裡存在什麼樣的王怪，再思索對策，才是比較聰明的戰鬥方式。

「想打王怪的，就來跟我組隊！多人一起打，效率比較高。」

「為什麼我們非得跟你組隊不可？」手持狼牙棒的玩家走上前，他的後面同樣跟著一批玩家，「你別站在這裡礙事。」

沒想到那個男人竟然回過頭，用銳利的眼神掃視他與他的伙伴們，嗤笑道：

「你們這種三腳貓玩家組成的隊伍，怎麼可能打得贏。」

「你說什麼！」

「我的隊伍顯然比你好太多，跟著我們準沒錯。」

男人側過身，相當自豪地展示自己的隊伍成員給所有人看。

俞思晴瞇起雙眸，總算明白為什麼這個男人會如此自大。

幻武神話有個很特別的地方，就是補師數量極少，就算在遊戲開始時選擇能夠操控魔力的「法族」，得到有治癒能力的ＡＩ武器的機率，比中發票還難。

所以補師在這款遊戲中相當吃香，而那個男人的隊伍裡，光補師就有三個，怪不得態度如此傲慢。

鮮少練補師角色的俞思晴，雖覺得這個設定與她沒有太大關係，但多少還是有留意，畢竟這個職業，很有可能會影響遊戲排行榜。

至於這句話是什麼意思，大概一個星期後就會知道了。

「補……補師？」

對方大驚失色，他的隊友們也開始竊竊私語，看起來似乎有意跳槽。其他人也因為那個男人隊伍裡有補師的關係，躍躍欲試。

「打這個王怪，有那麼需要補師嗎？」俞思晴沒做功課，自然不曉得關於這個王怪的情報，而且比起會讓她睡著的文字，親眼見識比較快。

「妳不知道？」一旁圍觀的玩家，聽見俞思晴困惑地自問，便好意回答：「聽說這個王怪打人很痛，還會封鎖魔法技能，得靠補師在外圍不停補血才行。」

「用補血瓶不行嗎？」

「來不及。」對方面容沉重地對她說：「相信我，我試過。」

「那個王怪的速度很快，如果不是組隊打，絕對打不贏。」見他們這邊開始討論，其他玩家也跟著加入，分享自己的情報，「打過牠的人都這麼說，所以不會有錯。」

「可是聽說打到副手武器的玩家，是單獨一個人打的，所以也有人懷疑是不是得靠一個人的力量打贏，副手武器掉落的機率會比較高。」

「啊，我也聽過同樣的說法。」

「我也是，可是那個玩家很可怕，遊戲開始沒多久就爬到四十幾等，天曉得他是怎麼練的。」

「原來是大神啊……」

所有人不勝唏噓，提起那個玩家的事，心情就顯得低落許多。

俞思晴隱約覺得，這些人不是來打王怪解任務，而是想親眼看看那把能力值極高無比的副手武器。

「小鈴，他們似乎決定要一起打王怪。」

「哦？我還以為他們要讓我等到睡著。」

原本不願聽從對方命令，但到最後，還是不得不妥協。

盡快取得副手武器的想法蓋過自尊心，如果能拿到手，就能給對方好看。

站在心湖正下方的玩家們，慢慢向兩側退開，只剩這兩組人馬留在中間，並由拿著大劍的男人上前觸發任務。

「我是奧・迪曼！大劍之王！」男人邊說邊俐落地轉動手中大劍，扛在肩上，

「湖之心就由我拿下了！」

語畢，正前方出現金色魔法陣，由內而外迅速擴張，占據男人與他隊友們的腳下。

看到這個畫面，俞思晴才明白為什麼其他玩家要退到這麼後面，有些人甚至攀上崖壁，在平坦的石壁觀看底下的戰鬥，簡直就像羅馬競技場。

「呵，這人角色名字取得真有趣，真把自己當成戰士。」

在俞思晴嘲笑男人的名字時，魔法陣底下伸出利爪，爬出一隻有著強壯羽翼、模樣如同獅子般的怪物。

牠甩著蛇尾，脖子上的毛髮散發出金黃色光芒，王者的氣勢不容小覷。

俞思晴眼睛一亮，這隻王怪確實很不錯，她挺喜歡的。

「湖之心是女神的聖物，除非將我打敗，否則我不會交給任何人！」

獅子以低沉的嗓音向在場所有人宣告。

被牠銳利可怕眼眸注視的，不單單只有進入副本任務的那群玩家，連崖壁上觀戰的他們也列入其中。

大吼一聲，獅子張開翅膀，高高飛起。

為首的男人趕緊指揮魔法師：「打開結界，削弱牠的攻擊範圍！不要讓牠離肉盾太遠！」

魔法師們舉起手杖，依照男人的指示，封住獅子的去路。等到負責近戰的肉盾開始圍毆降回地面的獅子後，旁邊的打手們紛紛開始攻擊。

地面的魔法陣突然開始燃燒，整個場景如同在烈焰地獄，成為一片火海。

站在最旁邊的三位補師，分別站在三個角落，同時張開恢復法陣。

魔法陣在最中央，也就是負責擋的肉盾腳下堆疊三層，恢復力加大，旁邊的打手則是分成兩批，一部分的人協助攻擊，一部分的人則負責保護補師。

在男人的戰術及指揮下，即便獅子能使用範圍技傷害所有人，也不會造成太大傷害，所有計畫都在那個人的掌握中，可以看出他不單單只是空口說大話，而是真有考慮。

男人的隊伍處於優勢，獅子只有被打的分，周圍的玩家們不斷叫好，看得心情高漲，但俞思晴卻始終沉默。

「小鈴？」

巴雷特注意到俞思晴的表情有些不對，擔心她是不是還覺得冷。

正當他打算把外套脫下來讓她披的時候，俞思晴突然起身，差點沒撞到他。

「巴雷特，變回武器型態。」

雖不明白俞思晴為什麼表情嚴肅，但他還是遵照她的要求，變回狙擊槍，落在她的懷中。

俞思晴往後退到人群外圍，朝四處張望。

她總覺得事情有些奇怪，王怪並非如同其他玩家說的那麼難對付，就算是範圍技，也沒有強大到非得要補師協助的地步。

這裡還算是等級較低的地區，王怪的等級不會超出太大，就算有分階段，也不至於需要那麼多人一起對付。

她覺得事情不太對勁，才會要求巴雷特變回武器，提高警覺。

在她思索要不要回到入口去比較妥當的時候，赫然發覺退路竟然已經消失不見，其他人專注欣賞戰鬥，根本沒有注意到。

「這是怎麼回事？」

「戰鬥開始，區域便被限制，不管這裡的玩家有沒有組隊，都已經成為這場戰鬥的參與者。」突然有個笑臉盈盈的男人走過來，雙手插在口袋裡，悠然自得地解釋給她聽，「這不是普通的副本王怪，而是區域王。」

她不認識這個玩家，他莫名其妙就開始解釋，令她有點困惑，但現在根本沒時間去想這些。

他的解釋，著實引起她的興趣。

「區域王？這怎麼可能，已經有不少玩家解過這個任務，如果牠是區域王的話，消息早就傳出去了。」

「是因為副手武器的關係，貌似只要奪走副手武器，牠的實力就會提高。」

「什——哪有這種設定！」

「別忘了這款遊戲主打的是什麼。」他轉過頭，極細的雙眼如同冰針般盯著俞思晴看，讓她渾身不舒服，「不是只有我們的武器是特殊ＡＩ。」

俞思晴瞪大雙眼，腦袋中的結突然解開。

就在她想繼續追問下去時，突然聽見一聲獅吼，接著正下方出現金色光束，筆直貫穿頭頂上的湖水。

男人也同樣被聲音吸引，抬起頭看著湖泊，臉上漸漸失去笑容。

「來了呢，第二階段。」

還沒明白他是什麼意思，被貫穿的湖水如同破掉的水球，大量灌入洞中。

玩家們對這突如而來的情況嚇了一大跳，原本專注觀戰的他們，終於意識到情況不對，想要往後逃跑。

面對大量人群與混亂的場面，俞思晴心裡已經做出最糟糕的打算。

驀地，她的手被拉住。

意識到的時候才發現，她已經被方才的男玩家拉著跳上崖壁，踏在高處平臺。

從這裡往下看，玩家們就如同螞蟻，推擠著尋找出路。

「雖然我們是玩家，血條歸零只會回重生點，但這款遊戲講求真實性，所以遊戲角色死亡的同時，會刺激我們的大腦，讓我們感覺到「痛苦」。」

「這我聽說過，沒想到遊戲公司竟然真的這麼做。」

這傳聞她聽過，但真實性不高，始終被其他玩家當成謠言。

雖然還沒實際體驗，可是看到眼前的情況，讓她不相信也難。

她自認對於這款遊戲的情報消息不輸給其他人，卻沒料到在打敗這隻王怪後，牠會自動提高難度——還真是出乎意料之外。

遊戲公司該不會真心要玩死玩家吧！

相對於俞思晴認真的態度，男人倒是顯得很自在。

「我原本只是想來看看，下一個打到副手武器的人會是誰，沒想到會遇上這種事，真是倒楣。」

「可是，如果不想辦法解，這個任務就不會從任務欄消失。」

一個玩家最多只能同時接五項任務，如果因為這樣而解不掉「湖之心」的任務，那她就白白浪費一個任務空間。

對她來說，這可是個大大的損失。

男人笑著伸出食指指著上方，對她說：「那麼妳得先找到擁有「湖之心」道具的真正王怪。」

俞思晴愣了下，順著他指的方向抬起頭，才發現居然有個全身赤裸的水之妖精，飄浮在水灌進來的破洞附近。

「那、那個是……」

「真正的「湖之心」任務王怪。」

剛發現這件事，俞思晴連錯愕的時間都沒有，就與水之精靈對上眼。

對方表情冷漠，沒有精靈的溫柔感覺，倒是有些神祕。

更重要的是，水之精靈正操縱兩條水龍捲，朝他們的方向逼近。

「嘖！」俞思晴趕緊將槍口對準水之精靈，卻沒想到精靈突然化作水的模樣，消失在瞄準鏡中。

俞思晴一嘖，沒辦法，只好先阻擋水龍捲的攻擊。

兩發子彈穿破水龍捲，瞬間將它打散。

暫時鬆口氣的俞思晴，沒注意到牆壁後面溢出的水，正漸漸化作人形。

站在她身後的男人，卻一把掐住精靈的脖子，笑嘻嘻地將她拉過來。

「妳還真是麻煩的王怪，不過很有趣。」

被掐住脖子的水之精靈，看到男人的臉，便驚恐地在他手中掙扎。

慢半拍發現這件事的俞思晴，不斷眨眼。

「你居然能徒手抓住她？」

「這是我在其他地方打到的副手武器，能徒手碰觸任何魔法。」男人嘴角上揚，相當自豪，「水之精靈全身上下都是魔法，我自然能輕鬆抓住她。」

「原來這個也是副手武器……」

「副手武器的種類、作用相當多，只要使用得當，不但能輔助主ＡＩ武器，甚至還能超越。」

「看來你應該蒐集了不少副手武器吧。」俞思晴嘆口氣，轉而提問：「你怎麼這麼清楚她的攻擊方式？」

比起副手武器，俞思晴更在意他能輕鬆抓到水之精靈這件事。

看起來就像是，他早就知道水之精靈的攻擊方式。

「就像妳想的一樣，我知道她的攻擊方式。」

沒料到他竟然知道自己腦袋瓜裡在想什麼，俞思晴嚇了一跳，沒想到她錯愕的表情，反而讓男人看得更開心。

「妳的反應還真可愛。」

「什什什——噗！」

男人輕戳她因為生氣而鼓起的臉頰，嚇得她趕緊往後退步。

被兩人遺忘的水之精靈張開嘴，正打算進行攻擊，就被俞思晴先一步舉起狙擊槍，對準她的胸膛，扣下扳機。

水之精靈被子彈貫穿，身體化作水滴，灑落在兩人腳邊。

不久後俞思晴便聽見系統提示對她說：「嗶嗶，取得任務道具湖之心。」

簡單過頭的解任務方式，讓俞思晴有些反應不過來。

反倒是她手中的巴雷特，立即變回人形，開心地恭喜她。

「太好了，小鈴，恭喜妳順利拿到任務道具。」

「是啊，恭喜妳，小、鈴。」

男人嘻嘻笑著，用吊兒郎當的態度跟俞思晴說話。

不知怎地，俞思晴不想跟他扯上關係，這男人看就覺得是個麻煩。

「臉先別這麼臭，雖然順利打敗王怪，但危險還沒解除。」

她低頭看著泡在水裡面的玩家們，以及漸漸逼近的水位，知道他想說什麼。

「王怪已經解決掉，為什麼這裡還──」

「要等到王怪重生後，環境才會更新。」男人輕拍她的肩膀，「想離開，就只能用特殊回城道具，正好我手上有，該怎麼辦呢？」

俞思晴嘴角抽搐地看他，這個奇怪的男人究竟想做什麼？

「你是想……」

「想讓我幫妳，就得答應我一件事。」男人勾起嘴角，將俞思晴一步步逼退到牆邊，低頭貼近她的臉，「當我的老婆。」

俞思晴眼神死到徹底，下意識朝巴雷特的方向看過去。

還以為ＡＩ武器會協助防止自己的主人被其他玩家「性騷擾」，但巴雷特就偏偏動也不動地站在那，笑盈盈地看著她被認識不到三分鐘的陌生人「壁咚」。

「不好意思，我沒意思跟陌生人建立這種關係。再說，封測並沒有開放結婚系統，用不著這麼急著養老婆。」

「呵呵，妳要拒絕我？」

「廢話。」

面對這張欠扁的笑臉，俞思晴是好不容易才忍住扁他的衝動。

不管怎麼說，直覺告訴她，這個玩家不好惹，最好還是別跟他ＰＫ。

「陌生人？」男人笑了笑，不把她的拒絕當回事，「我們可不是初次見面，是第二次。」

「……咦？」

「小鈴妳沒發現？」巴雷特突然在這時插話，「他就是在入口處擺攤的那位商人。」

那個趁機會賺錢的不良商人，俞思晴怎麼可能不記得！

她訝異地指著男人的鼻子，「原來你是那個不肖商人！」

「不肖……唉，妳對我的印象還真糟糕。」即便嘴上這麼說，他的態度看起來卻很從容，甚至自以為帥氣地撩起頭髮，「我可是對妳一見鍾情。」

俞思晴並不覺得自己有被怪人纏上的體質，現在她發現自己錯了，她今天遇到的怪人還真不少。

「怪不得巴雷特不會對你有敵意。」

巴雷特對他的印象很好，畢竟是賣外套給他的商人。

她大概能想到巴雷特單純的腦袋瓜裡在想什麼。

「那麼，妳還是要拒絕我嗎？」

俞思晴冷眼看他，果斷回答：「當然。」

說完她便從系統中叫出道具，將它丟到地上。

在寶石碎裂的瞬間，俞思晴與巴雷特的身影也隨之消失不見。

因閃光而睜不開眼的男人，在光芒消失後，才注意到俞思晴也是使用同樣的道具。

他笑盈盈地摸著下巴，對俞思晴更是興致滿滿。

「泡泡鈴嗎？還真是有趣的女人。」狐狸臉上寫滿陰謀，笑容更是讓人發冷。

搭配泡在水中的玩家們的慘叫聲，恐怖加倍。

第五章　這位大神有點煩

Sniper of Aogelasi

光芒消失，眼前場景從洞中轉移到城鎮內，俞思晴這才鬆口氣。

在心湖打到的特殊道具，沒想到會在這種時候使用，現在重生點那附近肯定很熱鬧，而這個王怪的事，大概很快就會傳開來。

能順利拿到任務道具，她是很高興沒錯，但總覺得這任務帶給她的，不會只有那個讓人發毛的男玩家。

詭異的支線任務、離開副本的王怪。

這遊戲才剛開始，就已經出現許多BUG及奇葩設計，讓她更懷疑接下來還會遇到什麼奇聞軼事。

巴雷特並不在意剛才發生的事，對他來說，只要自己能協助俞思晴順利拿到任務道具便足夠。

「小鈴，剛才那群組隊的玩家似乎都回到重生點了。」

兩人在前往回報任務的路上，經過重生點，聽見吵鬧的聲響。

持著大劍的戰士，正在和拿著狼牙棒的玩家爭執，就算不用靠近，也可以猜到他們在吵什麼。

開始前信誓旦旦說能夠順利打贏王怪，卻被反將一軍，換作是她，也會嚥不下這口氣。

短時間內還是不要經過這裡為妙，免得被捲進去。

「我們趕快去找肯特回報任務，早點離開，我可不想遇到那個男人。」

「既然如此，我就把他的資料記起來，如果他在這附近，我會提醒妳。」

「我真希望這輩子再也不要見到那張——」

「嗨，我們又見面了！」

俞思晴的話還沒說完，那張狐狸臉竟然笑咪咪地出現在她眼前，差點沒讓她尖叫。

她連續往後退好幾步，直到被巴雷特抓住肩膀才停下來。

「你你你、你為什麼會在這裡！」

就算使用特殊道具，從洞內傳送出來，也不見得會落在同一個地方，要找到人根本是不可能的事情。

男人打開系統，指著自己的玩家名稱笑道：「我叫大神下凡。」

這種光聽就會讓人忍不住吐槽的名字，害俞思晴說不出話來，只能用冷淡的目光上下打量他。

「妳可以叫我大神。」

大神下凡以為她不知道該怎麼稱呼自己，熱心地替她說明，卻換來俞思晴不快的表情。

她拉著巴雷特繞過大神下凡，加快腳步離開，卻沒想到對方用比她更快的速度追上她，還擋住她的去路。

「我知道妳急著回報任務，不過任務可以等，朋友不能。」

「你不是我朋友。」

「意思是妳承認我是妳老公？」

「……不要拐彎抹角，有話直說。」

俞思晴沒有興趣和他爭論，大神下凡顯然不打算簡單放她離開。

拉住巴雷特的手，加重力道。

巴雷特有所察覺，擔心地看著俞思晴的後腦勺。

「你要是擋我的路，就別怪我找你ＰＫ。」

她把話說得很清楚，希望大神下凡別再纏著她不放。

沒料到，大神下凡竟然一口答應：「好啊。」

大神下凡叫出系統螢幕，很快的，俞思晴便收到對方的ＰＫ請求。

原本隨口說出的話，對方卻認真起來，俞思晴只能苦笑。

巴雷特可以感覺到俞思晴的心情不是很好，但玩家之間的紛爭，身為ＡＩ武器的他管不著，也無法管。

「小鈴，就算不接受挑戰請求也沒關係，不會有什麼影響。」

俞思晴當然知道，但是她先開口的，拒絕不太好。

就在她正準備接受大神下凡的PK要求時，身後突然傳來吆喝聲。

「就是她！沒錯，剛才她也在洞窟裡！」

「給我攔住！別讓她跑了！」

俞思晴覺得這聲音有點耳熟，卻又想不起來。

很快地，人群將她與大神下凡團團圍住，連離開的機會都沒有。

大神下凡面對這群凶神惡煞的玩家，仍保持著悠然自得的態度，收回PK申請，笑盈盈地看著他們。

「你們想做什麼？」

他睜開眼，微細的眼眸如同刀刃般銳利，讓所有人倒吸口氣。

「當然是算帳！」

聲音從人群後方傳來，前方的人退至兩側，讓扛著大劍的戰士以及他的隊友們走上前。

從這名戰士氣憤的臉上，可以看出他有多麼不爽。

大劍筆直對準俞思晴的鼻尖，他氣到眉毛顫抖，「剛才是妳把王怪打死的，對吧？」

俞思晴皺眉回答：「你憑什麼說是我？」

「有人看到妳用狙擊槍打死水之精靈，趁著混亂奪取副手武器和湖之心。」

「我有拿到湖之心沒錯，但副手武器我可沒有。」

「別開玩笑了！如果不是妳，為什麼洞窟王怪的副手武器只剩最後一個！」

「……你說什麼？」

俞思晴連忙叫出系統，查看自己的背包欄位，沒想到還真的有個奇怪的問號物品在格子裡。

「這個是副手武器？」

「果然是妳打到的！」大劍迅速收回，轉而扛在戰士肩上，伸手向她提出要求：「把它給我！」

大神下凡一個閃身，擋在戰士與俞思晴之間，笑著問：「你憑什麼命令她？」

「憑什麼？」

戰士提起眉尾，上下打量這個態度傲慢的男人，赫然發現他就是在洞內擺攤的商人，「你這傢伙怎麼會在這裡？」

他記得這張臉，因為自己跟他買了不少好道具，也是他告訴自己對付王怪的方法。

想著想著，怒火燒得更旺。

大劍直插入身旁地面，龜裂的範圍延伸至其他玩家腳邊，戰士釋放出的殺氣，更讓所有人倒吸口氣。

原本對俞思晴相當不爽的玩家們，慢慢退到後方。

「狂戰王，別生氣。」

手持法杖，態度優雅的女孩子走上前，她是其中一名補師，而她的氣質就如同那根雪白的手杖，溫柔可人。

白皙的手輕拍狂戰王的肩，代替他向兩人道歉：「不好意思，我們會長脾氣比較暴躁，但我們還是很想知道，妳是怎麼拿到那個副手武器的。」

組隊開打的是他們，就算只要有打區域王就有得到道具的機會，但機率大小等於玩家對王怪的傷害度，就算俞思晴真有出手，拿到副手武器的機率也是低到不行。

光是連自己打到副手武器的事情都不知道，俞思晴怎麼可能有辦法回答？

她下意識將目光轉移到大神下凡身上。

畢竟這個男人怪雖怪，但知道的事情，肯定比她多。

大神下凡笑著勾起她的下巴，用食指輕觸她的嘴唇，「妳用這麼熱情的視線注視我，可是會害我把持不住的喔。」

俞思晴嘴角抽搐，實在很想把這個人碎屍萬段。

但是大神下凡很快就收回視線，擺出要保護俞思晴的態度，向狂戰王的隊友解釋：「那個洞窟裡的任務道具「湖之心」，只要將那隻像獅子的王怪打死就能得到。」

女孩點頭，「我知道，這是你當初跟我們說的。」

「是啊，不過我忘了告訴你們一件事，這隻王怪總共有兩個階段，獅子那隻王怪的血打到一半後，就會出現第二隻，就是你們看到的水之精靈。」

「第二……隻？」

「對，第二隻王怪出來就只有半條血量，因為兩隻王怪的性命相連，只要打死一隻，另外一隻就會跟著死掉，任務也能順利達成。」

大神下凡的笑容漸漸變得狡詐起來，鄙視的眼神掃過這些人徬徨的表情，「水之精靈防禦力極弱，但要抓到她不容易；獅子王怪的攻擊力極高，但只要打久一點，就能打得贏。」

「……你是什麼意思？」

女孩越聽越不懂，有些不耐煩。

大神下凡就像在等她說這句話，眉開眼笑地掏出腰上短刀，朝她扔出去。

女孩沒料到他竟然會攻擊自己，閃躲不及，眼睜睜地看著短刀從耳際飛過，牢牢插在後面的牆壁上。

這瞬間她才明白，大神下凡根本沒有要攻擊她的意思，只不過是做個樣子。玩家在安全區攻擊他人是違規行為，她是知道的，卻完全反應不過來。

俞思晴也嚇了一跳，但讓她錯愕的原因，不是大神下凡攻擊對方，而是那把短刀——那不就是被稱為最強副手武器的短刀嗎！

黑綠色刀身，雕刻精細的手柄，散發出淡淡橘光。

沒錯，它就是那把傳聞比主ＡＩ武器還強大的副手武器！

女孩傻眼，在場所有人倒吸口氣，同時將目光放在大神下凡身上。

「這把武器並不是掉落機率低，而是隱藏在水之精靈體內，想得到它，就得先打敗水之精靈。」

聽完解釋，女孩這才明白大神下凡為什麼會開始解釋那兩隻王怪。

原來他們一直都誤會那把副手武器的掉落對象，怪不得除了大神下凡之外，沒有人能打到那把副手武器。

俞思晴能得到它的原因，恐怕就是因為如此。

女孩漸漸明朗的表情，讓大神下凡傲慢地勾起嘴角，以桀傲不遜的態度，冷冰冰地對她說：「你們不是想要這把武器嗎？我人很好的，免費送你們都沒關係，但有個前提。」

黑影籠罩半張臉，銳利的眼眸，讓人為之顫抖。

「全部上也沒關係，只要有一個人能打贏我，我就免費把武器釋出。」

所有人聽到這個要求，無不心癢難耐，這麼好的條件，他們怎麼會錯過？可是，大神下凡釋放出的殺氣，卻讓他們心有餘而力不足。

女孩悄悄看了狂戰王一眼，原本氣焰高漲的戰士，難得安靜下來。

「這項前提先暫時保留。」

女孩轉過身，沒有要繼續爭執的意思。

俞思晴發現自己與她對上視線，只好尷尬地對她笑，目送她帶著狂戰王以及自己的隊友離開。

其他玩家看狂戰王等人沒有意思繼續追究這件事，便摸摸鼻子，裝作沒這回事，紛紛散去。

身旁恢復寧靜，俞思晴才總算能夠安心下來。

大神下凡一勾手指，短刀便飛回刀鞘中，笑盈盈地向俞思晴說：「這樣就沒人打擾我們的ＰＫ戰了。」

俞思晴完全不相信，他是為了跟她ＰＫ，才替她出面，把這些人趕走。完全沒有興趣和他打的俞思晴，正想開口拒絕，沒想到肯特突然飛撲過來，把她撞倒在地。

原以為會跌坐在地，睜開眼才發現巴雷特摟著她，讓她坐在自己身上。

俞思晴的臉一下子紅了。

「巴巴巴……」

「沒事吧？小鈴。」

即便重摔在地，巴雷特仍舊不痛不癢，彷彿一點事也沒有。

看她紅著臉，神情慌張，還以為自己撞傷她，連忙摸著她的身體檢查。

俞思晴趕緊抓住他的手，拚命搖頭，「我我我沒事！你快點住手！」

「好。」巴雷特照她的命令，任由她抓著自己，溫柔地笑道：「妳沒事就好。」

很快地，他的溫柔中漸漸多了一抹冷戾，注視躲在俞思晴懷中、被他嚇得瑟瑟發抖的肯特。

「你這小鬼，我不是說過很多次，不准你碰小鈴？」

肯特臉色蒼白地跳起來，高舉雙手用力搖頭，「對對對不起！」

巴雷特摟住俞思晴的肩膀，小心翼翼保護她的態度，就像將她視為珍寶，讓俞思晴的心輕飄飄的。

大神下凡輕咳兩聲，才將俞思晴拉回現實。

她滿臉通紅地看著大神下凡，試著解釋。

「我我我……」

「嗯哼——原來如此。」大神下凡摸著下巴靠近巴雷特，沉著臉對他說：「原來你是我的情敵？」

巴雷特臉上寫滿問號，不明白這句話是什麼意思，自然而然地回答：「如果小鈴不想被你纏，我就會把你趕走。」

他起身，對上大神下凡的雙眼，以認真的口氣提醒他：「小鈴不喜歡你，所以我也不喜歡你。」

大神下凡訝異地眨了眨眼。

沒想到一個ＡＩ武器，竟然能對其他玩家說出這種話，光看到俞思晴滿臉通紅的反應，就讓他覺得有趣到不行。

俞思晴非常不高興大神下凡狂笑的反應，她也知道自己很蠢，把心情全寫在臉上，不想發現都難。

只是，她就是不想讓這個討人厭的傢伙知道，她對巴雷特有意思。

俞思晴找不到插嘴的機會，乾脆就當作沒這回事，反正大神下凡對巴雷特比較有興趣，不斷上下打量他。

巴雷特就像個石像，一動也不動，眼神卻很銳利。

「大姐姐。」肯特悄悄來到她身邊，輕輕拉扯她的衣角，「妳是來交付任務的吧？」

「啊，對。」俞思晴叫出「湖之心」道具，遞給他，「就是這個？」

肯特眉開眼笑，緊緊抱著這顆水晶，感激不已，「謝謝妳，大姐姐！」

他小跑步地把道具拿去交給鎮長，半途中似乎想起什麼事，折返回來。

「大姐姐，妳有見到女神嗎？」

「……什麼？」俞思晴歪頭看他，不明白這個問題的意思。

「就是守護我們這座城鎮的女神。」肯特解釋道：「女神被怪物關在神殿裡，並且吞噬她的力量，只有打敗怪物，取得女神力量凝聚而成的結晶，才能讓女神復原。」

肯特突然開始解釋起真正原因，讓俞思晴覺得有點奇怪。

她蹲下身，輕搭肯特的肩，「肯特，你怎麼會這麼清楚？」

肯特愣住，彷彿如夢初醒，睜大眼回答：「奇、奇怪？我怎麼知道的？」

「是符合條件而觸發的特殊劇情吧。」

對巴雷特的觀察結束，大神下凡才發現俞思晴和這NPC小鬼聊得很開心，便聽起他們的對話。

巴雷特也走過來附和：「遊戲內確實有這樣的設定。只不過，小鈴才剛開始玩遊戲沒多久時間，不可能擁有足以觸發劇情的特殊條件。」

「沒有特殊條件？別跟我開玩笑了。」

大神下凡聳肩嘆氣，「妳等級明明比我低，卻能打到跟我相同的道具，真要說妳不「特殊」的話，我可不信。」

俞思晴總算明白大神下凡追著她的目的是什麼了。

不是一見鍾情，也不是因為她拿到副手武器，而是她有「瞬移水晶」的原因。

他的懷疑，並不是沒道理，換作她也會好奇，但是——

「我不知道那個道具很稀有。」

俞思晴是真的不知道，幻武神話裡的道具，並沒有等級區分，任何玩家都能使用，綁定道具除外。

就算是二十幾等的玩家，只要能打敗四十多等的怪，就可以得到牠的掉落道具，使用上也沒有限制。

「瞬移水晶」是她在心湖練靶時打到的，拿到的當下她並沒有想太多，所以當大神下凡拿出它、並向她提出要求時，她反而覺得奇怪。

這下終於真相大白。

大神下凡不太相信俞思晴的話，總覺得她有所隱瞞，但他不急著知道答案，反問：「那麼，除了「瞬移水晶」外，妳還有打到什麼道具？」

俞思晴認真思考這個問題，「嗯……主要都是些素材，道具比較少。」

「那些道具之中有沒有什麼特別奇怪的？」

「沒有啊，都是很正常的道具。」俞思晴想了下，突然想起一件事，「這麼說來，我有打到一個補血瓶，但它沒辦法跟其他補血瓶堆疊，偏偏要占我一格空間。」

「拿出來我看看。」

俞思晴皺眉，「為什麼？」

她沒必要照他的話去做，這件事怎麼說都是她個人的問題，就算肯特真的有什麼隱藏任務，也是她去解，跟他一點關係也沒有。

大神下凡笑著向她伸出手，「拿來，別怪我翻臉。」

俞思晴懷疑的態度瞬間轉為警戒。

眼前這個人，真的是說過對自己一見鍾情的男人嗎？

「小鈴不想照你的話去做，你也沒資格命令她。」巴雷特抓住大神下凡的手腕，替俞思晴拒絕他的要求。

大神下凡勾起嘴角，將臉貼近他，「AI武器憑什麼這麼說？你們不過是玩家的輔助道具，沒有能力反抗玩家。」

「必要的時候，我還是有辦法保護自己的主人。」

「哦？」聽他這麼說，大神下凡頓時興趣滿滿，「你的意思是，你也能跟我打？」

眼神交錯，兩人像是觸發什麼開關，迅速往後拉開距離，擺出備戰姿態。

俞思晴沒想到事情會變成這樣，連忙站在中間阻止他們亂來。

「都給我住手！」她沒好氣地說：「現在不是為這種小事爭執的時候，只不過是個任務，沒必要這麼認真。」

大神下凡肯定不想離開，那她也只好妥協，「你要是想跟著我，就得答應我不准亂來，否則我就跟ＧＭ回報你騷擾我。」

「可以。」

這交換條件他能接受，果斷答應。

他只是覺得跟著俞思晴很有趣而已，如果答應這個條件，俞思晴就不再拒絕他，那麼對他來說，就是他賺到。

巴雷特見大神下凡沒有意思繼續爭執，便回到俞思晴身邊。

「這樣好嗎？小鈴。」

「就當他是小跟班吧。再說，他幫了我兩次。」

主人都這麼說了，巴雷特便不再持反對意見。

俞思晴忍不住想，巴雷特之所以這麼討厭大神下凡，該不會是因為自己曾說過「不想再看見他」吧？

可惜計畫趕不上變化，想擺脫這個人，可能得花點時間。

俞思晴叫出奇怪的補血瓶，遞出去。

「就是這個，你看，連瓶身都有點不同。」

「確實奇怪，乍看之下和普通的補血瓶沒什麼兩樣。」大神下凡輕輕晃動瓶身，發現裡面的液體根本就沒有動。

突然間，肯特跳起來，從大神下凡手中奪走瓶子，接著快速逃走。

大神下凡和俞思晴愣住，還來不及反應，就看到巴雷特衝上前，緊追不捨。

「這是怎麼回──」

「先別問，追上去就是了！」

俞思晴連忙催促大神下凡，讓他跟上自己。

她也搞不清楚這是怎麼回事，但剛剛那一瞬間，她看到肯特的雙眸如同野獸般鮮紅，根本就不是人類。

不祥的預感油然而生，該不會這件事跟肯特被緹絲蒂娜的惡魔攻擊有關吧？

總之，現在除了追上去，沒有其他辦法。

肯特的速度異常快，身為遊戲NPC的他，不會擁有這種角色設定，俞思晴只好讓巴雷特先追過去。

遊戲中速度最快的槍族，沒有理由追不上。

見不到兩人身影後，過段時間，才看到巴雷特的身影。

他面容沉重地站在樹上，擔憂地盯著前方看，直到聽見兩人的腳步聲。

「小鈴。」他跳下來，落在兩人之間，「肯特進入那個洞窟了。」

大神下凡和俞思晴交換眼神，順著他手指的方向看去。

那是個被樹根包覆住的洞口，看起來很鬆軟，隨時都會坍塌，但是洞口正上方卻有個石牌，刻著女神的圖像。

「你知道這是什麼地方嗎？」俞思晴眼尖認出這個刻印，是女神的記號，在之前的小鎮上到處都可以看到。

大神下凡也很苦惱，摸著下巴仔細端詳石牌與洞口，「沒見過，遊戲地圖內也沒有記載。」

他叫出地圖，指給俞思晴看，「喏，這附近什麼也沒有，照理來說這個洞窟是不存在的。」

俞思晴靠近他，同樣叫出地圖，和大神下凡的做比對。

「真奇怪，我的也是，表示這並不是特殊任務？」

大神下凡勾起嘴角，悄悄把手放到她的肩上去，「會不會是ＢＵＧ區？這樣的話就得先跟遊戲ＧＭ回報，隨便闖進去不太安全。」

「這裡可是虛擬世界，就算有危險，頂多只是被傳送回重生點，再說我們也可以選擇強制登出，在現實的我們並不會受到傷害。」

「可是ＢＵＧ區是遊戲範圍外，妳應該多少也有聽過它的危險之處吧？」

「……多少有，但有問題不搞清楚，會讓我更難受。」

「而且有我在，我會起責任，好好保護小鈴。」

巴雷特很有技巧地介入兩人之間，順帶把搭在俞思晴肩膀上的手擋掉。

大神下凡危險的眼神，與巴雷特笑盈盈的臉龐對上，似乎有種莫名的火光正在兩人間滋滋作響。

身為當事人之一的俞思晴，倒是對他們的紛爭沒什麼興趣，收起地圖後，直接走進洞裡。

大神下凡和巴雷特見到俞思晴的大膽行為，嚇了一跳。

大神下凡趕緊叫住她：「等等，妳是認真的？」

洞內的俞思晴回過頭，眨眼道：「當然。」

說完她便繼續往裡面走，不打算等他。

巴雷特倒是沒再多說什麼，只是瞥了一眼大神下凡，便跟著進洞內了。

「什……妳到底在想甚麼啊！」

大神下凡沒想到俞思晴膽子這麼大，敢踏入BUG區。

就算是老手玩家，對這種地方都是敬謝不敏，畢竟他們擅長的是遊戲內設定好的遊戲，而不是抓BUG。

字面上來說雖然是ＢＵＧ，但嚴格說起來，就是遊戲的隱藏空間，這裡存在許多被主遊戲刪除的內容，以及各種不知名的木馬病毒。

簡單來說，就是個毒窟。

正常玩家不會在脫離遊戲保護的前提下，主動進入這個地方。

「真是……令人頭疼的有趣女孩。」

沒想到自己的膽子竟沒有一個女孩來的大，他對俞思晴的興趣只增不減。

正當他打算捨命陪君子，找機會來個英雄救美的時候，洞窟上方的女神石牌突然從中碎裂，接著洞口就被泥土與碎石掩蓋。

大神下凡早一步跳開，才沒有被洞口上方滑下來的樹木壓到，等到泥沙、落石的聲響停止，他才抬起頭看眼前狀況。

「哎呀……這下事情變得棘手了。」

眼前的景色恢復成原本的樣子，和他們叫出來的系統地圖沒有不同，就像剛才什麼事情都沒發生、連洞口都不存在似的。

要說是巧合，未免太牽強。

「看來有值得調查的價值。」

大神下凡拍拍身上的灰塵，重新露出帥氣的姿勢與自信的笑容，「哼哼哼，我大神下凡看上的女人，豈能讓其他人耍？」

同一時間，洞口坍塌的聲音也傳入洞內，但俞思晴只顧著看前方，沒察覺到這個聲響代表了什麼。

覺得古怪的，只有回頭看的巴雷特。

「怎麼了？大神下凡沒有跟過來？」

「是的。」

巴雷特微笑答覆，來到她身邊，「沒關係，小鈴有我在就夠了。」

「說的也是，本來我就比較習慣單獨行動，更何況，被他纏上感覺很麻煩。」

俞思晴嘆口氣，心裡輕鬆不少。

她不怪大神下凡不跟過來，畢竟她很清楚這個未知區域有多危險。不過，在不確定的情況下，也無法斷定這裡真的是危險區域。

在道具「螢光蟲」的帶領下，俞思晴才能看清楚洞窟內的路。

這裡就和洞口一樣，只有一個成人的高度，她進來是剛剛好，但巴雷特還得稍微彎腰才能通過。

洞壁都是泥土，而非岩石，還不斷滲出地下水，看起來相當危險。

擁有超群視力的巴雷特，最先發現遠處的出口，低聲提醒：「小鈴，再走五百公尺左右就到出口了。」

「這個洞窟比我想的還短呢。」

「嗯，但是……」巴雷特停了半晌，才接下去說：「出口的模樣，可能和妳所想的有點不同。」

俞思晴眨眨眼，聽不懂巴雷特的意思。

直到親眼看見「出口」的模樣後，她才恍然大悟，無奈乾笑。

「原來是這個意思。」

與其說是出口，不如說是在洞窟盡頭處被人鑽出的小洞，照這個大小來看，應該是肯特挖的。

原來，這個洞窟是個死路，要不是跟著肯特進來，就只是在單純浪費時間。

「這個大小，我應該勉強鑽得過去。」俞思晴評估自己大概沒問題，只是巴雷特比較棘手。「你可能要變回武器的模樣，我才有辦法把你帶過去。」

「沒問題。」巴雷特變回白色狙擊槍，讓俞思晴抱在懷裡。

她小心翼翼地鑽進去，好不容易穿出洞口，沒想到對面竟然是垂直的崖壁。

俞思晴的頭正好朝下，清楚看到山崖下的樹叢，這高度就算是玩家，摔下去也是會直接回到重生點的！

「哇！怎怎、怎麼辦？」

「請不要擔心，先把我拿到洞口外。」

「咦，你打算做什麼……」

「相信我。」

巴雷特都這麼說，沒其他辦法的俞思晴，只好乖乖順著他的意思，把狙擊槍伸出洞外。

這時，巴雷特突然變回人形，手裡不知道什麼時候多了兩把短刀，直接插在崖壁上。

確定自己站穩後，巴雷特這才笑盈盈地對目瞪口呆的俞思晴說：「請爬到我背上，我帶妳下去。」

俞思晴愣了下，點點頭。

「沒想到你還有這種功能……」

「這也是用共同資金買來的道具，不過這原本是用來扔擲的武器，使用後有時間限制，所以我們動作要快。」

聽到他這麼說，俞思晴也顧不得害怕，雙手環住他的脖子，像隻無尾熊掛在他背後。

「就只有這次喔。」

「是，如果是這樣，我會好好珍惜這唯一的一次機會。」

巴雷特的話仍舊會讓她臉紅心跳。

沒有任何想法，說出這些話的天然，還真可怕……

第六章　名為守護的女神

Sniper of Aogelasi

在巴雷特的協助下，俞思晴平安來到崖底的森林。

抬起頭仰望這座山崖，發現根本連他們鑽出來的洞口都看不見，可見有多高。

「小鈴，前面似乎有什麼。」

巴雷特迅速地檢查附近地形，他們已經來到地圖之外，會發生什麼事誰也不知道，他必須保護好主人。

這裡看似平靜，卻安靜得讓人起疑，只能聽見不遠處傳來的流水聲。

巴雷特就是順著聲音來源，才發現一座奇怪的白色水池。

俞思晴走在前面，讓帶有火屬性的「螢光蟲」燒掉礙眼的樹葉，好不容易才從樹林裡鑽出來。

眼前除了白色水池外，還有一座用米白色岩石雕刻而成的古代神殿，在神殿的周圍，都能看到女神的刻印。

「難道是女神的神殿？」

俞思晴試著叫出系統，確定系統還能正常使用，便開始調查關於女神的情報。

「我去上面看看能不能找到肯特。」巴雷特抬起頭，盯著神殿中最高的塔，接著便以靈活的腳步跳上去。

俞思晴專心調查這個刻印，卻越查越奇怪，忍不住皺起眉頭。

「這個記號……和那座城鎮的守護女神不同……」她伸手輕觸牆壁上的刻印，抹去覆蓋其上的塵土，讓刻印更顯眼，並用來對照螢幕上叫出來的圖樣。

「果然不是。」再三確認後，俞思晴可以肯定，這裡不是他們要找的女神殿。最初在見到洞口處的刻印時，應該再三確認才對，她對自己貿然進入的行為感到後悔與懊惱。

「既然這裡不是女神的地盤，那是哪裡？」

「是另一名女神的。」巴雷特跳下來，正好落在俞思晴腳邊，「我從上面觀察附近，這裡除了森林外，就只有這座神殿，整個地方就像是直接向下塌陷似的，周圍都是山壁，沒有出口。」

「沒關係，系統還能正常運作，就表示我們能用道具離開。」她當初用來逃離副本的道具還有，離開這裡不難。

「有看到肯特嗎？」

巴雷特搖搖頭，「如果說這裡沒有出口，他肯定就在附近。」

「我想應該在神殿裡的機率比較高。」俞思晴關閉系統，轉而看著這座荒廢的神殿，「巴雷特，你剛剛說這是另一名女神的神殿……是什麼意思？」

「是，其實這個任務所設定的女神，原本有兩位，但進行封測之前，便被刪除原本設定，只保留一位女神。」

「你的意思是，這是另一名被刪除的女神的神殿？」

「嗯。」

「可是……你怎麼會知道？」

既然是被遊戲公司刪除的內容，身為遊戲角色的巴雷特，不可能知道才對。

巴雷特微笑看著她，沒有解釋原因。

覺得自己似乎被敷衍過去，俞思晴不太高興地嘟起嘴，「你該不會有事瞞著我？」

「怎麼會？對我來說，小鈴就是我的全世界，只有妳，我絕不會有所隱瞞。」

俞思晴表面冷靜，但泛紅的臉頰和狂跳的心臟，早已背叛了她。

「別以為這麼說我就會高興。」

「可是妳看起來很開心。」

「我、我才沒有！」俞思晴握緊拳頭，追問：「快點回答我的問題！」

「嗯？這個是什麼？」巴雷特再次無視她的提問，彎腰撿起水池中的碎片。

俞思晴不悅地嘟起嘴，正想開口責備這個不聽話的武器ＡＩ，注意力就被巴雷特手中的碎片吸引了。

她瞪大雙眼，抓住巴雷特的手，仔細盯著碎片。

「沒、沒錯，確實是我打到的瓶子……」

仔細一看，水池內全是瓶子的碎片，看樣子肯特似乎是把瓶子扔進去摔破。

但是，就算是玻璃瓶子，扔進水池裡也不見得會摔碎，這樣的話，只剩一種可能性──

「瓶子摔破之前，水池裡沒有水。」

「什麼……意思？」

巴雷特半信半疑地盯著俞思晴看，她認真的神情，讓他目不轉睛。

俞思晴不知道該怎麼解釋心中的感覺，不安地盯著神殿。

「螢光蟲」停在她肩上，看著她叫出道具，拿出裝有白色粉末的小瓶子。

俞思晴把它倒進水池裡，說也奇怪，一瞬間，四周雙目所及之處的顏色全被抹去，整個世界變成黑白兩色，唯一保有原貌的，只有水池與神殿，以及身為使用者的俞思晴和巴雷特。

「原本我還在想，這東西是用來做什麼的，幸好沒把它賣掉。」俞思晴鬆口氣，手中的瓶子在使用完後，便消失不見。

這是她在心湖打到的道具之一，當時這個道具顯示「還原現場」的說明字樣，她以為這是特殊任務道具，才留在裝備欄裡。

現在想想，她當時打到的奇怪道具，搞不好都跟這地方有關。

「小鈴，這是……」

「還原現場，也就是回到瓶子摔破之前的模樣。」俞思晴皺起眉，正想進去神殿一探究竟，沒想到就看見黑白色、像是影片模樣、帶有雜訊的肯特，穿過自己的身體，跑到水池邊。

俞思晴嚇了一跳，巴雷特倒是很冷靜，輕輕摟住她的肩膀。

「別怕，只是影像。」

「影、影像？」

「嗯，看來是小鈴剛才的道具效果。」

兩人看著影像模樣的肯特，將手中瓶子扔進水池裡，接著聽見一聲玻璃碎裂聲，水池漸漸溢出泉水，周圍的植物也慢慢復活，眨眼間就讓這片貧瘠的土地變成茂密樹林。

完成任務的肯特，兩眼無神地盯著水面，樹藤盤上他的雙腿，像蠶繭把他包覆住。

倏地，一雙手撥開樹藤，有個人從繭中走出。

淺綠色的長直髮將那人的身軀遮掩，由外貌實在看不出是男是女，然而巴雷特卻脫口而出：「……是另一名女神。」

「咦？女神？」俞思晴很驚訝，沒想到那個全身赤裸的人，竟然轉過頭來與她四目相接。

對方彷彿知道她的存在，竟朝向她走來。

俞思晴下意識想逃，卻被巴雷特拉住。

「不用擔心，這只是影像。」

她雖然知道，卻仍感到緊張，只好閉起眼睛。

感覺到有風穿過她的身體後，耳邊傳來巴雷特的溫柔聲音。

「小鈴。」他輕喚她的名字。

俞思晴慢慢睜開眼，發現肯特已經不見蹤影，巴雷特則是盯著神殿的方向。

周圍的顏色全部歸位，表示這個道具已經完成任務。

「道具效果解除了。」

「意思是，只是要讓我們知道肯特的真實身分嗎？」

「嗯，這樣就能解釋，為什麼他會被緹絲蒂娜的惡魔盯上。」巴雷特的表情變得很嚴肅，他知道的事情似乎比她還多。

大概也追問不出結果，巴雷特很顯然在瞞著她。

「肯特就是另一個女神？」

「畢竟也是ＡＩ程式，我想她大概保留了自己的資料，附在那個叫做肯特的ＮＰＣ身上。這個任務之所以變得古怪，應該也是她在搞鬼。」

「意思是說，她想利用那個守護城鎮的女神，讓自己回到遊戲裡？」

俞思晴呆住，沒想到這遊戲的ＡＩ，腦袋居然這麼好！

就像人類一樣……

巴雷特笑了笑，俞思晴卻沒察覺到隱藏在他笑容中的苦澀。

「既然事情已經查明，我們也沒理由繼續待下去。」出乎意料，巴雷特竟然提要離開，她還以為身為系統ＡＩ的巴雷特，不會主動提議。

又或者，是之前他隱藏得太好，才沒讓她察覺？

坦白說，這件事情已經超出遊戲範圍了，照理說她不該再介入，找ＧＭ回報才是正確的決定。

雖然心中還有疑問，至少知道肯特拿走瓶子的原因和理由，也知道肯特的身分就夠了。

「你說得對，我們該離開這裡了。」俞思晴打開系統，正準備拿出轉移道具時，神殿內突然傳來野獸的低吼聲。

接著，神殿內衝出幾隻白色巨狼，仔細一看才發現，竟然和緹絲蒂娜的惡魔一模一樣！

狼群迅速包圍他們，巴雷特將俞思晴護在身後。

「小鈴，快使用道具！」

「好、好……」速度太快，讓俞思晴稍微走神，直到聽見巴雷特的叫喊聲才回過神，趕緊拿出道具。

全身裸體、只用頭髮遮住下半身與胸膛的人突然出現，冰冷的眼眸如同看著螻蟻般，注視著俞思晴。

俞思晴的眼瞳裡映照著他伸向自己的手，接著她便失去意識，癱倒在此人懷裡。

巴雷特驚覺不對勁，才剛轉身，那個人就已經將俞思晴橫抱起來，站在神殿屋簷上。

「小鈴！」巴雷特憤怒的雙眸，緊緊鎖在那個人身上，「放開她！」

肯特垂眼，美麗的睫毛底下，盡是冷冰冰的氣息，與巴雷特的怒火成反比。

「你憑什麼命令我，區區武器ＡＩ……」

他邊說邊拿出短刀，慢慢地、小心翼翼地刺進俞思晴的胸膛。

傷口並沒有在她身上留下傷痕，反倒是巴雷特臉色蒼白、痛苦不堪地摀著胸膛，跪在地上。

「幻武使對你來說只是礙手礙腳的東西，不如就讓給我。」

「唔……你想做什……麼……」

「那個女神拒絕我的請求，還把我一半的力量封印在瓶子裡，要不是你的幻武使意外打到它，我恐怕還沒辦法逃出來。」

「果然，讓女神變衰弱的人是你……」

肯特勾起嘴角冷笑，「就算我被視為多餘的存在，也不代表我沒有那個力量。再怎麼說，我也是和她不相上下的女神。」

「你是打算威脅我，不讓我把這件事情回報給GM嗎？」

「你沒那個膽。」肯特收起笑容，面無表情地說：「而且，我也不是你要對付的人。」

巴雷特還沒搞懂這句話的意思，肯特就抱著俞思晴消失不見，他只能和這群緹絲蒂娜的惡魔對峙，可是沒有幻武使，他便無用武之地。

與幻武使離得越遠，他的力量就越弱，更何況這種等級的惡魔，不是他能夠應付的，還是需要俞思晴的力量。

「可惡！」巴雷特緊咬下唇，再思考也無法阻止肯特帶走俞思晴。

於是他決定，放手一搏。

「唔嗯……」俞思晴皺緊眉頭，慢慢恢復意識。

她撐起身體，環視四周，發現自己躺在神殿裡的地板上，不知道是怎麼跑進來的。

等到昏迷前的記憶回到腦袋，她才愕然跳起來。

巴雷特和那些白色巨狼早已不見蹤影，就連將她帶走的女神也不知去處，她就這樣孤零零地被扔在此處。

「哈、哈啾！」她縮著身體，神殿裡的溫度比她想像中還冷，是因為這裡地勢較低，還是說——

「妳醒來了？」

成熟的男人聲音突然冒出，把正在思考的俞思晴嚇了一跳。

她猛然回頭，看著已經穿上長袍、站在柱子邊的男人。

「肯……肯特……」

「那個NPC已經被我占據身體了。不過，我倒是可以考慮沿用這個名字，妳就叫我肯特吧。」

「什麼啊！這種自大狂妄的發言。」俞思晴不喜歡他的說話口氣，也不喜歡他不把肯特放在眼裡的態度，「巴雷特呢？」

男人面無表情地上下打量俞思晴。

「勸妳最好忘記那個武器AI，他已經沒有用處了。」

「他是我的武器，應該由我決定，不是你。」俞思晴氣憤地反駁，「我才是幻武使，你沒有資格指使我！」

「那又如何？」男人的表情變得更加冰冷，俞思晴忍不住打冷顫，畏懼地縮起身體。

他用毫無情感的聲音說：「沒有決定權的人是妳，我要以妳的武器身分，重回遊戲，將這個遊戲鬧得天翻地覆。」

「這是哪門子的壞人宣言。」俞思晴不禁苦笑，自己還真是被扯進一個不得了的大事件裡，沒想到這個人工AI竟然想反客為主？

「我不是壞人。」他淡淡回答，快步走向俞思晴，抓住她的手，把她整個人從地板上拉起，「而是想要守護這個對妳來說不過是線上遊戲的世界。」

「痛……」俞思晴的手腕被他掐得很難受，卻忍住眼淚，不對他妥協，「我、我的武器只有巴雷特，我是不會用你的。這種程度的偽裝，GM很快就會看出來！」

「所以我需要活著的妳，和——」

雪白色的巨狼從他身邊慢慢走出來，嘴裡叼著的，是傷痕累累、滿身是血的巴雷特。

俞思晴看到這幕，驚訝不已。

巴雷特奄奄一息，早已昏迷過去。

她難過地對男人大叫：「你、你居然對巴雷特——！」

巨狼把巴雷特吐出來，潔白的地板，瞬間就被鮮血染紅。

俞思晴立即召喚出副手武器，將黑綠色短刀刺進男人手臂中。

男人嚇了一跳，放開手，俞思晴趁這機會飛奔到巴雷特身邊，將受傷的他緊緊抱在懷裡，以短彎刀指著男人和發怒的巨狼。

即使臉上滿是淚水，她仍鼓起勇氣，絕不會拋下巴雷特不管。

總是沒有多餘表情的男人，突然生起氣來，震怒地瞪著俞思晴手中的短刀。

「那把刀是……」

「我不會讓你稱心如意！」

俞思晴已經猜出他的意圖，是打算像利用肯特那樣，占據巴雷特的身體，以他的身分和她一起回到遊戲裡。

她絕對不會讓他這麼做！

「哼，聰明的女人。」男人見俞思晴竟然想反抗，勃然大怒，「也罷，我可以再去找新的幻武使，就算不是妳也沒關係。來人，把她撕成碎片！」

一聲令下，緹絲蒂娜的惡魔們再次聚集而來，朝俞思晴張開血盆大口。

區區一把副手武器，根本不可能打得贏副本裡的王怪，但當她見到巴雷特傷痕累累的模樣時，就顧不得後果了。

正當她思索該怎麼辦才好時，巴雷特突然伸手抓住她，把她嚇了一跳。

「小、小鈴……」巴雷特用虛弱的聲音說：「用我戰鬥吧……」

俞思晴用力搖頭，把他的頭緊抱在懷中，「不行！你的血量太低，我不能讓你變回武器型態！」

巴雷特輕笑著，根本沒打算讓俞思晴點頭，自行變回武器型態。

俞思晴吃驚地看著躺在懷中的白色狙擊槍，淚水滴落在槍身上，耳邊傳來的，是逼近自己的野獸吼聲。

「吵死人了！」俞思晴憤怒不已，舉起狙擊槍，對準緹絲蒂娜的惡魔群。

槍口凝聚白光，強勁的光芒，幾乎將周圍的視線淹沒——

接著，便聽見俞思晴在扣下扳機之前，用沉著而冷靜的聲音低語：「零距離狙擊。」

強而有力的白光柱體，從神殿內部向上射出去，眨眼就將緹絲蒂娜的惡魔全部消滅殆盡，站在牠們身後的男人，也對這結果感到不可置信。

在光芒消失後，他也跟著消失不見。

使出攻擊的俞思晴，全身虛脫地抱著白色狙擊槍倒在地上。

神殿的牆壁漸漸龜裂，翠綠色的樹藤從縫隙中鑽出，像是要吞噬神殿。

俞思晴還醒著，身體卻無法動彈，剛才為了讓零距離狙擊在短時間內凝聚完成，她還使用了輔助技能提高自己的速度。

缺點是，使用完後需要一段時間來恢復體力，在這之前，玩家會無法動彈。

「原本覺得這個技能很沒用……可惡，沒想到在這種緊急時候還挺有幫助的。」

聽著耳邊傳來的聲音，她很清楚，神殿即將崩塌，他們就要被壓成肉餅。

但至少，比被緹絲蒂娜的惡魔殺死要好。

「頂多回重生點而已，不要緊的。」她將白色狙擊槍緊緊抱在懷中，「玩家可以無限重生，但武器AI沒辦法……等我回到重生點，立刻就帶你去治療。」

隨著她對巴雷特的允諾，神殿碎落的石頭漸漸壓在她的身上，在這之後，她的眼前便一片漆黑，什麼都看不見。

再次醒來，俞思晴發現自己並不在重生點，而是相當熟悉的洞窟。

她記得這裡，這裡是她打到特殊副手武器的洞窟，也就是湖之心任務道具的地圖。

「呼嚕……」低沉的野獸聲音，把她嚇了一跳，連忙起身。

愕然發現，那隻長著翅膀的獅子，竟乖巧地熟睡在她身旁。

「咦？這、這是怎麼回事？」

「這裡很安全，不用擔心，以肯特女神的力量，無法闖入。」

解釋給她聽的，不是獅子，而是全身由水構成的精靈，也就是擁有稀有副手武器的水之精靈。

「原來妳會說話！」俞思晴驚訝地眨眼睛，「可是……我怎麼會在這？還有妳剛剛說的……肯特女神又是……」

「我奉女神的命令，把你們帶來這裡療傷。」

「女神……啊！巴、巴雷特！」

一片混亂的腦袋中，浮現傷痕累累的巴雷特，她緊張地四處張望，這才發現他躺在不遠處熟睡著。

她趕緊跑到他身邊，把手放在他胸前，確定有起伏才鬆了口氣。放心的同時，也注意到巴雷特現在是全身脫光的裸體狀態。

「呀！」她嚇得滿臉通紅，趕緊把手收回來，卻反而被抓住。

巴雷特睜開眼睛，笑咪咪地盯著她看。

「妳沒事吧？小鈴。」

「等等等……」

「我好擔心妳。」

巴雷特邊說邊起身，將俞思晴拉入懷中，緊緊抱住。

俞思晴的腦袋已經冒出白煙，呈現無法思考的狀態，即便是在遊戲中，她還是能夠感受到巴雷特身為男人的「強健肉體」啊！

「巴巴巴……」

原想開口要求巴雷特放開她，卻沒想到，巴雷特竟然默不作聲地開始脫她的衣服，嚇得她連忙壓住他的手。

「等等、等等！你你你在做什麼！」

「我要確認妳有沒有受傷。」巴雷特一臉嚴肅地回答，接著又開始扒她的衣服。

俞思晴抵死不從，雙眼泛淚地向一旁的水之精靈求救。

「別、別看了，快來幫我！」

「我覺得滿有趣的。」水之精靈壞心腸地說，甚至拿出餅乾準備在旁邊慢慢欣賞。

俞思晴當場飆淚，不知所措的她，只好強制喊出：「變、變回武器型態！」碰一聲，巴雷特變成白色狙擊槍，躺在衣衫不整的她的懷中。

這才讓俞思晴有辦法把它推開。

巴雷特變回人形，還想過來，卻扯到身上的傷口，讓他痛得摀住胸前，蹲在地上。

「巴雷特！」俞思晴想過去扶他，卻又怕他再把自己扒光，加上他現在裸體沒穿衣服，只能站在原地不知所措。

水之精靈見沒有後續可看，便來到俞思晴身邊。

「不用擔心，我已經治療過他的傷，休息幾個小時就會好起來的。」

「這樣啊，謝謝妳。」俞思晴鬆口氣，「能不能請妳先拿件衣服給他穿？」

水之精靈點點頭，從身體裡拿出一套武器專用的服裝，遞給俞思晴。

俞思晴將它裝備在巴雷特身上，這才不用再繼續看他的裸體，讓自己心跳不已。

「謝謝妳救了我們。」不管原因是什麼，總之，先道謝。

她不久前才打死她一回，道起歉來反而有些彆扭。

水之精靈微笑著，「妳應該有很多問題想問我。」

「確實有不少。」她看了巴雷特一眼。

雖然巴雷特還是很想把俞思晴扒光，從頭到尾好好檢查，不過，搞清楚對方幫助他們的目的，才是現在的重點。

「是女神要你們協助我們的嗎？」巴雷特走過來，摟住俞思晴的腰，像是要確認她與自己不會再分開。

俞思晴拿他沒辦法，只好先忍著，免得又沒辦法問問題。

「那個，妳說的女神是……」

「名為守護的女神，愛蘭雅女神，也就是那座城鎮的女神。」

「咦？那你們……」

「我們是負責保護女神的王怪，幻武使在我們這邊取得湖之心，就能讓女神補充力量，只不過……肯特女神打亂了這一切。」

水之精靈相當悲傷，「愛蘭雅女神被肯特女神打敗，並冒用愛蘭雅女神的名義，利用幻武使拿來的湖之心來恢復自己的力量。」

「那愛蘭雅女神呢？」

「她化做三把武器，藏在我的身體裡，也就是妳拿到的那把副手武器。只有這把武器能夠對肯特女神造成傷害。」

「難怪當時他看到這把短刀之後，表情都變了。」經過水之精靈的解釋，俞思晴這才明白男人當時為什麼會如此憤怒，「但是……肯特是男人吧……」

「在進入那個孩子的身體之前，確實是女的，但她的身體已經不存在，所以只能藉由她所附身的肉體來判別。不過，性別不是你們最需要擔心的問題。」水之精靈認真地對兩人說：「你們應該知道，肯特女神真正的目的吧？」

「知道。」俞思晴嚴肅道：「他這次想進入武器的身體裡，隱藏自己，和幻武使搭檔，重新回到遊戲中。」

「沒錯，這也是愛蘭雅女神最擔心的部分。那位大人留下指令，讓我們暗中保護擁有武器的幻武使，這就是我幫助你們的原因。」

「妳想要我們阻止他？」

「是的，而且必須三人一起。」

「三人？可是第三個副手武器不是還沒有玩家……」

「有的，不久前已經有玩家打到了，我會把那個幻武使的位置告訴妳，請妳和另一人一起協助我們……救救這個城鎮。」

水之精靈恭敬地向俞思晴行禮。

俞思晴知道，這個任務已經與遊戲內容完全無關，就算接下任務，也不會得到額外的經驗值或道具。

可是，俞思晴實在不忍拒絕，加上水之精靈確實幫助過他們。

就當作還人情吧！

「我會的。」她淺笑著點頭答應。

「那麼，我這就將女神的祝福送上。」水之精靈沒來由的一句話，讓原本以為只要答應就好的俞思晴，驚訝得睜大眼睛。

她看著水之精靈撲向自己，接著她身上的衣裝就變成布料偏少的輕裝，臉上戴著面紗，手臂掛有散發出點點星光的白色長絲巾。

穿上這套衣服，她覺得自己身體輕飄飄的，低頭一看才發現，她整個人飄在半空中！

「什什什……」

「這就是女神的祝福。」水之精靈重新凝聚在她面前，解釋道：「是女神賜予的禮物，請搭配那把短刀使用。」

說完，兩人腳底突然掀起水花，俞思晴下意識地閉起眼，再次張開後，發現他們已經離開洞窟，站在心湖上方的草地處。

幸好這裡沒有人，否則這身穿著打扮，一點也不像玩家。

「她的神祕程度不輸給肯特。」俞思晴嘆口氣，叫出系統，趕緊把「女神的祝福」換下來。

還沒來得及這麼做，巴雷特就抓住她的手，笑盈盈地看著她。

面對這張笑臉，俞思晴頓時冷汗直冒。

「巴、巴雷特？」

「現在，該我問問題了。」

「哎？」俞思晴眨眨眼，沒聽懂他的意思。

巴雷特根本不想解釋，直接問道：「那個男人真的沒對妳做什麼？」

「當然沒有。」俞思晴鼓起臉，不高興地反問：「為什麼這麼問？」

「因為我擔心妳。」

俞思晴感覺到抓住自己的手，漸漸加重力道。

幻武使在自己面前被人抓走，身為武器AI，巴雷特肯定很緊張。

於是她用另一隻手輕撫巴雷特的頭，安慰道：「下次我會注意，對不起，讓你擔心了。」

「不，這句話是我要說的。」他把俞思晴摟入懷中，緊緊抱住，「我絕不會再讓其他人把妳從我身邊帶走。」

雖然作法有點危險，但巴雷特很清楚肯特的目的是他的身體，才會讓緹絲蒂娜的惡魔攻擊自己，等到把他打個半死不活，自然會把他帶回俞思晴身邊。

他無所謂，但主人絕對不能有任何一點傷。

俞思晴的心跳又開始狂跳不止，就算知道巴雷特不過是自己的武器AI，但此時此刻從他懷中傳來的溫暖，卻如此真實。

她忍不住沉溺在巴雷特的懷抱中，小聲應道：「嗯。」

在巴雷特傷痕累累出現在她眼前的瞬間，她確定了一件事。

她果然，對巴雷特有戀愛的感覺。

第七章　毫不相干的三人組

Sniper of Aogelasi

雖然水之精靈已經替巴雷特治好傷勢，為了安全起見，俞思晴還是把他帶到槍族專門的醫院做檢查。

俞思晴趁著在候診室等巴雷特的空檔，聯絡了大神下凡。

「我已經從水之精靈那邊聽說了，看來這件事非同小可，而且還是只有拿到稀有副手武器的我們能玩。」

「原來水之精靈也有跟你聯絡。」

「我在洞窟崩塌後便去調查，水之精靈就是在那時把事情經過和我說清楚的。說實話，這種事我還是第一次遇到，內建ＡＩ人工智慧的遊戲，真是令人意外重重。」

大神下凡開始滔滔不絕地說起這件事，看起來挺開心的，俞思晴根本找不到空隙插嘴。

直到他主動問道：「她應該也有跟妳提到第三個人吧？」

俞思晴愣了下，似乎沒想到他會突然提問，連忙回答：「嗯，說是要告訴我他的位置……不過還沒跟我說，就把我丟出來。」

「不用擔心，她有交代我。」大神下凡笑得很開心，腦補俞思晴被水之精靈扔出來的有趣畫面，「我現在就過去跟妳會合，待在原地，別亂跑。」

像個父親似地提醒完，大神下凡自動切斷聯絡，讓俞思晴連拒絕的權利也沒有，她只好嘆口氣，無奈地等他來找自己。

「小鈴。」剛從診療室出來的巴雷特，喜孜孜地走向她。

俞思晴鬆口氣，看他情況沒問題，總算放下心中大石。

看著女醫生開滿小花地在後面向她招手，就知道巴雷特沒事了。

「醫生怎麼說？」

「雖然還沒完全復原，但是要戰鬥沒問題，轉變成武器型態也不影響。」巴雷特展現出肌肉，表示自己還很有餘力，不想讓她擔心。

俞思晴叫出系統，確認情況真的和巴雷特說的一樣，才相信他。

「看起來是沒什麼大礙……哇！」

巴雷特突然從背後抱住她，靠近她的耳朵低語：「我說過沒問題，妳就相信我吧，為了保護妳，我絕不會勉強自己。」

俞思晴滿臉通紅，心跳加快，很想讓自己保持冷靜，卻無奈怎麼樣都沒辦法。她的緊張，看在巴雷特的眼中，反而有些奇怪。

「小鈴？妳沒事吧？」

「我我我、我沒事！」俞思晴邊掙扎邊離開他，與他保持微妙的距離，視線不知道該往哪裡放，只好隨意亂飄。

「沒、沒事的話我們就離開吧，大神下凡說要來找我們。」

聽見這個名字，巴雷特微笑的臉上，多出一絲不耐。

「妳要跟他組隊嗎？」

「倒也不是。」俞思晴嘆口氣，看得出他不太願意跟大神下凡混在一起，「水之精靈說過，能阻止肯特女神的只有拿到特殊副手武器的三個人，所以不只是他，還得跟另一個幻武使組隊。」

「是嗎……」巴雷特縮短與她的距離，「我還以為小鈴對他有意思。」

「什什什、什麼有意思！我怎麼可能對那種花心男——」

「哎？是這樣嗎？那真糟糕，我可是對妳興趣滿滿。」

大神下凡無聲無息地從她面前冒出，俞思晴沒來得及反應，整個人撞在他胸前，他更順勢抱住她。

「你從哪裡冒出來的！」俞思晴抬起頭，看著他欠揍的笑臉，「快點放開我……喂！你的手在摸哪裡！」

「當然是妳可愛又柔軟的臀部。」大神下凡靠近她，「就算是在遊戲裡，妳還是會有「感覺」，對吧？」

那隻騷擾的手讓俞思晴又羞又氣，但是很快就被巴雷特一掌抓住。

大神下凡瞪著巴雷特，巴雷特也不甘示弱，對他散發敵意。

「請問，你在做什麼？」巴雷特面無表情地質問。

「沒什麼。」大神下凡識相地放開俞思晴，巴雷特這才還他自由。

總算解脫的俞思晴，還來不及喘氣，就被巴雷特拉入懷中。

身體緊貼的感覺，讓俞思晴腦袋空白，耳邊只聽得見兩人隱藏火氣的對話聲。

「不許隨便對別人的幻武使出手。」

「有什麼好嫉妒的？我又不是跟你搶主人的武器。」

「小鈴不喜歡。」

「你真遲鈍，這是女孩子害羞的表現。」

兩人你一言，我一語，互不相讓。嫉妒的火焰不減反增，延燒到連一旁的路人都不敢接近。眼看人們開始圍觀，俞思晴回神，趕緊把兩人推到角落去。

「你們能不能別這麼招搖？」

兩人不爽地別開眼，根本不願和解。

俞思晴拿他們沒轍，也多虧這樣，她的心情已經漸漸平靜下來。

「別浪費時間，早點把事情解決，就能早點自由。」俞思晴嘟著嘴，「我都還沒開始好好玩遊戲呢。」

巴雷特與大神下凡同時睜大雙眼，像是要把俞思晴可愛的模樣烙印在腦海中，赫然發現彼此都有這個想法後，他們又尷尬地清清喉嚨，很有默契地暫時休戰。

「咳，小鈴說得沒錯，先把事情解決比較重要。」

「是啊，我也不想繼續耗在這件事上。」大神下凡輕觸俞思晴的髮尾，放在唇邊親吻，「等事情結束後，我可以陪妳一起練等。」

「那就不必了。」巴雷特走過來，黑著臉將俞思晴的頭髮收回，「小鈴有我就足夠，我會陪著她練等，不需要你。」

「怎樣都好，我們快去跟第三個人會合！」俞思晴嘆口氣，明白這兩個人不會有和睦相處的一天。

大神下凡笑嘻嘻地道：「關於這點，我已經通知第三個人過來了，我們只要在這邊等就好。」

「是嗎？意思是你已經見過那個人了？」

「嗯，而且他獲得武器的經過，特別有趣。」

「特別……有趣？」

俞思晴不明白大神下凡是什麼意思，他的笑容讓她感覺到一股惡寒，卻也對第三人充滿好奇。

「對、對不起！我遲到了！」忽然，有個身材矮小的男孩子，氣喘吁吁地跑到他們面前，他的肩上蜷著一隻金色小龍，慵懶地打鼾。

俞思晴嚇了一跳，沒想到出現的竟然會是個比她年紀還小的男孩，而且他的武器ＡＩ竟然還是龍形！

那可是封測遊戲的特典，一個伺服器僅僅只有三隻的超隱藏武器ＡＩ，拿到它的機率比中樂透還低！

「很驚訝吧。」大神下凡湊近她的耳邊，掩嘴笑道：「這孩子就是第三人。」

男孩聽見大神下凡開始介紹自己，趕緊抬起頭來，對俞思晴深深一鞠躬。

「初、初次見面！我是無緣人，那、那個，妳就是大神下凡前輩提過的另一個玩家吧？」

俞思晴愣了下，看他滿頭大汗、緊張兮兮的模樣，實在不明白他是怎麼從水之精靈身上打到第三把副手武器的。

加上大神下凡似乎很喜歡他，俞思晴也稍稍對他感興趣了。

「你好，我是泡泡鈴。」

「小無，你也跑得太急了，我不是說過可以慢慢來？」大神下凡熟稔地靠近他，和他勾肩搭背，一副稱兄道弟的模樣。

原本盤據在他肩上的小金龍，索性拍著翅膀飛到一旁樹上去，沒過幾秒鐘又開始打鼾，對大神下凡的行為毫不在乎。

俞思晴盯著樹上的小金龍，再上下打量無緣人的裝備，全都是相當高級的紫裝，打開系統一看，更是發現他的等級根本和大神下凡差不多。

身為三人之中最菜的那個人，俞思晴忽然有種格格不入的感覺。

這個人看起來冒冒失失、存在感薄弱，沒想到等級居然這麼高，連武器都很稀有，再加上他的職業竟然是——

「你是補師？」

「啊，是的。」無緣人很有禮貌地回答俞思晴，並且向她介紹自己的武器ＡＩ，「這是我的伙伴，路路。」

稀有的補師還有特典武器ＡＩ，甚至打到隱藏副手武器，全身上下都是紫裝。

這人根本充滿著「運氣」啊！

說實在，俞思晴真的有點羨慕，沒想到這件任務的搭檔，一個深藏不露，另一個則是運氣滿點。

「小鈴，妳該不會很羨慕吧？」大神下凡用手指戳俞思晴的臉頰，賊笑著。

俞思晴趕緊把口水吸回去，揮開他的手，「我才沒有，既然到齊的話，就趕緊上路，把肯特女神找出來解決掉。」

無緣人看到俞思晴拉著巴雷特急匆匆走遠的模樣，忍不住擔心地問：「我是不是惹她生氣了？因為我遲到太久？」

「誰叫你一身紫裝還帶著稀有武器ＡＩ，更是少有的補師，任誰都會嫉妒。」大神下凡輕戳他的額頭，「你啊，好歹明白一下自己有多幸運。」

說完，大神下凡跳著腳步，追上俞思晴。

「小鈴，等等我，我有找到肯特的好辦法喔——」

無緣人緊張又難過，感覺自己好像闖了大禍。

小金龍路路飛下來，窩在他的頭頂，「別這麼沮喪，打起精神來，你可是本大爺的幻武使，不准露出這麼窩囊的表情。」

「可、可是，我……」

路路嘆口氣，用爪子輕撫他的頭髮，「我們先看看情況，要是這兩個人和其他幻武使一樣，我們就離開。」

無緣人點點頭，趕緊提起腳步，跟上兩人。

俞思晴站在廣大的草原中央，陪伴她的只有冷風及笑咪咪的巴雷特。

她站在這裡已經十幾分鐘了，一動也不動，像個笨蛋似的。

忍耐度歸零的她，忍不住朝隊伍頻道大喊：「我到底還要在這裡站多久！」

「緹絲蒂娜的惡魔重新出現的時間不定，我也不知道還得等多久，為免被其他玩家搶先，妳就忍耐點。」大神下凡悠閒地回答，讓俞思晴更加惱火。

「我好歹也是遠距離攻擊的幻武使，為什麼要拿我當誘餌？」

「沒辦法，誰讓我們隊伍裡面沒有近戰型幻武使呢。妳不用擔心，我們可是有超強的補師在，你說對吧？小無。」

「啊！是、是的，請放心交給我！」突然被點名，無緣人趕緊回答。

俞思晴氣到眉毛顫抖，已經沒有力氣再和他爭執。

大神下凡的職業，比她更適合當誘餌，可是大神下凡卻藉著「武器ＡＩ不在身邊」的理由，理所當然地回絕她。

話說回來，她到現在都還沒見到大神下凡的武器ＡＩ，也讓她忍不住好奇，他的武器ＡＩ會是什麼樣子。

「真是沒轍，竟然把打手型的幻武使拿來當肉盾用，大神下凡也夠瘋狂。」

「不用擔心，無論發生什麼事，我都會陪著妳。」巴雷特倒是不介意，對他來說，只要陪在俞思晴身邊，他就沒有任何怨言。

更何況，這樣還能遠離那兩個男人，更是如他所願。

「說什麼要抓住緹絲蒂娜的惡魔，讓牠聞出同類的氣味，藉由這點找出肯特的位置……活捉王怪這點根本是最糟糕的主意。」

當初大神下凡提出這個想法時，她是堅決反對，可是連水之精靈都沒辦法找出肯特女神的位置，他們也只能從緹絲蒂娜的惡魔這邊下手。

只有緹絲蒂娜的惡魔才能找出牠們同伴的正確位置，身為副本裡的王怪，絕不會出現在外面的地圖，如果有的話，那絕對就是肯特了。

「真沒辦法，繼續這樣等下去也不知道要等到什麼時候。」副本的出入口附近有大神下凡設置的陷阱，故意讓其他玩家「暫時」無法進入，但拖延的時間不長，他們得盡快抓到緹絲蒂娜的惡魔才行。

否則，他們詭異的行為很快就會被其他玩家上報給ＧＭ，到時就複雜了。

大神下凡說，水之精靈希望這件事能夠私下解決，這也是愛蘭雅女神的願望。

說實在話，ＮＰＣ希望私下解決什麼的……本來就很詭異。更別說水之精靈他們給人的感覺，一點也不像遊戲內的程式設計，更有種身為「人」的感覺。

肯特女神也曾提到過，她要保護這個被他們這些幻武使當成「遊戲」的世界——到底是什麼意思？

「小鈴。」巴雷特的一聲呼喚，將她的注意力收回。

巴雷特盯著的地方，出現黑白色交纏的雲團，紫色雷電纏繞其中，看起來就像暴風雨。

俞思晴提高警覺，露出笑容，終於被他們等到了！

白色的爪子劃破雲團，尖銳的利牙反射雷電的光芒，低沉的野獸吼聲，迴盪在草原中。

「巴雷特，變回武器型態。」俞思晴朝巴雷特伸出手，他恭敬地彎下身，在她的手背上落下一吻，接著就變化為白色狙擊槍。

俞思晴單膝跪下，將槍口對準緹絲蒂娜的惡魔，透過準心與這隻野獸的目光相交。

「小鈴，妳還記得我說的話吧？」

耳邊傳來大神下凡的聲音，俞思晴應付似地哼了聲。

「別小看我。」

緹絲蒂娜的惡魔注意到俞思晴，同時也將她鎖定，張牙舞爪地朝她飛奔而來。

俞思晴低誦咒語，並將特殊子彈裝填進去，槍口凝聚藍光，三、四層魔法陣以反方向旋轉。

「流星雨！」俞思晴扣下扳機，子彈射出去的瞬間，穿過這幾層魔法，接著就在緹絲蒂娜的惡魔頭頂上炸開。

火花灑落在緹絲蒂娜的惡魔身上，根本無法造成任何傷害，緹絲蒂娜的惡魔毫無阻攔地撲向俞思晴，但是牠的爪子卻只有晃過她的眼前，根本沒碰到她。

緹絲蒂娜的惡魔感到困惑，回過神來才發現，自己的後腿竟然被白光刀刃釘在地上，動彈不得。

牠抬起頭，發現那些火光竟化作刀刃，直落而下。

眨眼間牠就被釘在地上，只能發出痛苦的慘叫聲，不斷掙扎。

俞思晴將狙擊槍扛在肩上，慢慢靠近，手裡拿著一個類似項圈的東西，還掛著鈴鐺。

「不好意思，我們有點事情需要你協助，乖乖跟我們來吧。」

緹絲蒂娜的惡魔睜大雙眼，無力反抗，就這樣看著俞思晴將項圈套在自己脖子上。

碰一聲，緹絲蒂娜的惡魔被煙霧包圍，俞思晴被嗆得睜不開眼。

已經確認沒有危險的巴雷特，自行變回人形，一甩手就將煙霧吹散。

「沒事吧？小鈴。」他擔心地問著。

「沒事，緹絲蒂娜的惡魔呢？」

「在這裡。」巴雷特將手裡捧著的小白狼遞給她，笑嘻嘻地說：「計畫進行得非常順利。」

明明俞思晴已經和緹絲蒂娜的惡魔交手過許多次，卻還是忍不住喜歡上這隻有著蓬鬆白毛、雙眼水汪汪，像是小狗般的生物。

「好、好可愛！」

「汪！」

緹絲蒂娜的惡魔從巴雷特的手中掙脫，撲進俞思晴的懷中。

對萌物沒輒的俞思晴，當下融化，緊緊抱住牠。

「什麼嘛！這個道具真方便——」

「不過只有三十分鐘的效果。」大神下凡走過來，強行將這隻緹絲蒂娜的惡魔從俞思晴的懷中搶過來，拎著牠，威脅道：「喂，給我工作。不要以為變成這副萌樣就有資格跟老子搶女人。」

「汪嗚……」緹絲蒂娜的惡魔低吼著，與大神下凡互相瞪視。

俞思晴把緹絲蒂娜的惡魔搶回來，緊抱在懷中，「別這麼凶神惡煞地拜託別人。」

大神下凡張開口，還想說什麼，就被匆匆跑來的無緣人打斷。

「哇啊！不、不好了！門口的玩家越來越多，而且看起來都很生氣，好像要把我們吃了！」

「那是當然的，我們為了不讓人干擾，在出入口處設下那麼多陷阱……」俞思晴無奈道，雖然對其他人不好意思，這也是沒辦法的事，「總之我們已經達成目的了，趕快離開吧。」

「咕。」大神下凡很不高興地拿出道具，一口氣將三人從副本內傳送出去。

「遊戲公告，緹絲蒂娜的惡魔副本內的問題已清除，玩家可以安心登入。如有發現類似情況，請玩家立即告知GM，我們會盡快處理。」

回到城鎮內的三人，立刻就看到顯眼的跑馬燈公告，無緣人和抱著緹絲蒂娜的惡魔的俞思晴都露出尷尬表情，只有大神下凡完全不在乎，甚至跑到旁邊的攤位去買東西吃。

「小無，我們好像做了壞事。」

「這、這也沒辦法。」無緣人苦笑著，慢半拍才回過神來，愕然道：「咦？

哎哎唉！妳、妳剛剛叫我什麼？」

「小無啊。」俞思晴眨眨眼，不覺得自己哪裡有問題，「我聽大神下凡都這樣叫你，難道不行？」

無緣人滿臉通紅，都快冒出煙來，低下頭扭著手指，完全不敢看俞思晴。

「當當當當然可以！只、只是我以為妳、妳不喜歡我……」

「咦？為什麼？」這回反而換俞思晴訝異了，「我從來沒說過討厭你啊！」

「因為初次見面時，妳看起來好像不是很高興。」

「……啊，那個呀。」俞思晴內疚地搔著頭髮，「沒有啦，只是因為你太出乎我的意料之外，而且……我很羨慕你可以得到封測特典，龍形武器ＡＩ應該很強吧？」

她露出善意的微笑，對無緣人說：「抱歉，我心眼很小。你的運氣真的很好，不如好好利用這份運氣，爬上排行榜，把大神下凡趕下去怎麼樣？這樣以後就能用這個藉口給他好看，讓他別再這麼自大狂妄。」

俞思晴毫無心機的天真發言，讓無緣人感到驚訝。

他還是第一次聽到有人這樣對他說。

「小鈴，妳難道不喜歡我？」

巴雷特忽然搭上俞思晴的肩膀，讓還在跟無緣人說話的她，冷汗直冒。

她尷尬地轉過頭想解釋，卻看到對方露出可憐兮兮的表情，頓時心中一緊。

「對不起，我不是妳想要的龍形武器ＡＩ。」

「才、才沒這回事！我很滿足！真的！」

「真的是這樣嗎？」巴雷特稍眼看她，「那妳喜歡我嗎？」

「喜歡喜歡，最喜歡了！」

想也沒想，下意識回答的俞思晴，過了半晌才發現自己竟然在大庭廣眾之下，對武器ＡＩ告白，嚇得滿臉通紅，只差沒昏倒。

巴雷特倒是很開心。

無緣人苦笑著在旁邊注視兩人的互動，覺得很有趣，路路反倒興致缺缺，嘆了口氣。

「這兩個人是怎麼回事啊？不只幻武使怪，連武器ＡＩ也很詭異，我還是第一次見到。」牠邊說邊拍拍無緣人的腦袋瓜，「你也這樣認為吧？」

無緣人淺笑著，「我覺得很有趣，而且……她沒有討厭我。」

「什……」路路低頭看著無緣人傻笑的臉龐，垮下臉，「喂，你可別告訴我你對那個幻武使有興趣！」

「咦？什、什麼！我我我、我才沒有！」無緣人突然驚醒過來，滿臉通紅，連忙否認。

他越激動，越讓路路懷疑，瞇起眼緊盯著他看。

「別說本大爺沒提醒你，也不想想自己被拐騙過多少次，這回要是你再躲角落偷偷哭泣，我可不管你。」

無緣人全身一震，沉默地低下頭，雙手緊握。

「你別故意說這種話嚇他嘛，黑心蜥蜴。」大神下凡拿著滿手食物，順道將冰棒直接塞進無緣人的嘴裡。

「蜥蜴？」路路不爽地瞪著大神下凡，氣得咬牙，「好大的膽子，竟敢稱呼本大爺為蜥蜴？信不信我現在就咬斷你的脖子，直接把你送回重生點？」

「哎呀，那還要看看你有沒有那個能耐。再說，擁有幻武使的武器ＡＩ不能擅自攻擊其他幻武使，如果你真心為小無著想，最好別輕舉妄動。」

大神下凡說得沒錯，正因為這樣，路路心中的怒火更是無處發洩。

牠索性張開翅膀，飛入空中，頭也不回地離開。

無緣人看著路路離去，顯得很無奈。

「那、那個。」他把冰棒拿在手上，「請不要欺負路路，如果不是因為我這麼沒用，也不會讓牠這麼操心。」

「你對自己太沒自信了，小無。」大神下凡擺出無所謂的態度，「雖說這遊戲的重點是幻武使的武器AI，但也有不依賴武器AI的玩家哦。再怎麼說，玩遊戲最終還是得靠玩家本身的實力，更何況你的「運氣」向來比別人好，我倒是覺得你可以利用這點。」

「……咦？利、利用？」無緣人低下頭，用力扯著衣服，「可、可是向來都是其他人利用我，我從來沒有……你也見過我的情況吧？我、我根本就不適合這麼做。」

「是不適合，還是沒有那個勇氣？」大神下凡銳利地瞥向他，一針見血地戳中重點。

看到無緣人呆愣的反應，他就知道自己說得沒錯。

於是他勾起嘴角，露出狡詐的笑容，「既然你不知道怎麼利用自己的優勢，就讓我來指導你如何？反正我們湊在一起也是種緣分，就當作是交個朋友。」

無緣人很清楚大神下凡不是什麼好人，但是他的提議卻深深吸引著自己。

他想改變，不想再當總是畏畏縮縮、讓人呼來喚去的「道具」。

「……那、那就拜託你了！」

「這才對。」

大神下凡寵溺地搔弄他的頭髮，笑嘻嘻的表情，完全分辨不出他究竟在打什麼如意算盤。

「你們的感情果然很好，為什麼我有種被排擠的感覺？」俞思晴好不容易擺脫巴雷特的騷擾，回來跟他們會合。

一見到無緣人手中拿著的冰棒，忍不住嘴饞，舔了一口。

無緣人嚇得滿臉通紅，俞思晴本人倒是沒有感覺，單純在品嘗味道。

「嗯，還不錯。」

遊戲中的他們，五官皆能正常發揮，雖然無法填飽肚子，還是能夠感受到味覺，所以遊戲中的餐廳與美食，也是許多玩家的必訪之地。

注意到無緣人漲紅了臉，幾乎要昏過去的樣子，俞思晴困惑地眨眨眼。

「怎麼了嗎？」

「間間間……」無緣人還沒把「間接接吻」四個字說出口，就被大神下凡摀住嘴巴。

要是這事被巴雷特聽到，那還得了！比其他武器ＡＩ都要寵溺自己的幻武使的巴雷特，肯定不會放過他。

為了避免掃到颱風尾，大神下凡決定還是把這件事瞞下來。
「沒什麼沒什麼，妳想吃的話，我這邊還有很多。」他把有著白熊模樣的可麗餅遞給俞思晴，順利轉移她的注意力。
「這是什麼？好可愛！」
已經知道俞思晴喜歡可愛東西的大神下凡，自然明白要怎麼應付她，反倒是對上巴雷特的視線時，那明顯刺人的目光，還是讓他冷汗直冒。
「比我想像中的還機靈啊……巴雷特。」
「我不知道你在說什麼，但是沒有下次了。」
巴雷特顯然什麼都知道，只是沒戳破，因為主人看起來很開心。
「汪！」
「怎麼，你也想吃嗎？」
根本沒在乎這三個男生在想什麼的俞思晴，開心地和懷裡的小白狼你一口、我一口，非常親暱地吃著可麗餅。
見到這情況的三人，腦袋裡頓時浮現「好想變成那傢伙」的想法，但是發現彼此的表情都很僵硬後，才恢復正常。
「喂，惡魔，你應該知道我們想讓你做什麼吧？」大神下凡直接把小白狼抓過來，往牠嘴裡塞雞腿，「這麼喜歡吃的話，等結束後我買給你，現在給我乖乖做事！」

小白狼大口吞下雞腿，還順帶抓傷大神下凡的手背。

「嘖！」大神下凡太過大意，沒想到小白狼竟會反擊，下意識地放開牠。

小白狼靈活地跳到地上後，回到俞思晴的腳邊，對她搖尾示好。

「那隻笨狗！」

「汪嗚——」

大神下凡不爽地對牠怒吼，小白狼也不甘示弱。

俞思晴看這情況，為了不要引起注目，她趕緊把小白狼抱起來。

「不好意思，請你幫幫我們吧，能找到肯特的只有你。」

一見到俞思晴，小白狼立刻改變態度，舔著她的臉頰，發出乖巧的嗚嗚聲。

這回輪到巴雷特不爽了，他黑著臉打算衝上前，無緣人連忙拉住他，免得沒完沒了。

「總之，緹絲蒂娜的惡魔終於願意協助我們，不能錯過這個機會。再說，我們只有三十分鐘，在那之後，道具也無法控制牠，到時遭殃的會是我們。」

驚覺無緣人說得沒錯，巴雷特這才忍住怒火，但他的視線自始至終都放在俞思晴和小白狼身上。

俞思晴將小白狼放下，看牠靈活地抖動鼻子，四處尋找，最後確定方向，拔腿往前衝。

「牠行動了！趕快追過去！」

俞思晴還沒來得及邁開步伐，就被巴雷特橫抱在懷中，轉眼就來到城外。另外兩人也緊跟在旁，所有人的目光都不同於剛才的輕鬆態度，異常認真。

「怎、怎麼？發生什麼事？」

巴雷特用低沉的聲音，小聲地對她說：「似乎不只有我們把緹絲蒂娜的惡魔當成目標。」

他邊說邊斜眼看著身後，「也就是說，把肯特當成目標的，不只有我們。」

什麼都沒感覺到的俞思晴，在聽見巴雷特的解釋後，驚訝不已。

難道說，水之精靈欺騙他們？

第八章　肯特女神篇（上）

Sniper of Aogelasi

「我想應該不是水之精靈欺騙我們。」大神下凡似乎聽見兩人的對話，便開口說出自己的猜測：「恐怕是肯特女神安排的「保險」。」

「保險？」俞思晴眨眨眼，不太明白大神下凡的意思。

這時，無緣人也湊過來，「我、我也是這麼想。」

連反應遲鈍的無緣人都這麼說，俞思晴這才意識到，自己跟這兩人的等級差距有多大，甚至還要武器ＡＩ保護自己。

「妳別沮喪，妳才進入遊戲沒多久，等級並不高，我跟小無是靠特殊技能才察覺到的，而妳的武器本來就有偵查功能，會知道並不奇怪。」

「特殊技能？是指打副本王怪隨機掉落的技能本嗎？」

「就是那個。不過我是打很多次才到手的，小無可是第一次打就中獎。」

「別這麼說啦，我只是運氣好。」

「適當的謙虛是好事，但是別謙虛過頭，這樣反而會看不見自己的優勢。」大神下凡笑著對他說，趁機會進行教育。

無緣人明白大神下凡的意思，點點頭。

「那麼，接下來該怎麼做才好呢？」見無緣人理解自己說的話後，繼續針對眼前的事，尋求另外兩人的意見。

「我們還是得繼續追緹絲蒂娜的惡魔，但那些追兵不能不管。」

「換個方向想，表示我們追的方向是正確的，不然他們也不會用這麼容易被發現的方式追上我們。」巴雷特已經有了主意，對另外兩人說：「兵分兩路，我們還是得搞清楚那些追兵的意圖。」

大神下凡勾起嘴角，「難得你跟我的想法相同。」

忽然，他停下腳步，蹲在樹枝上。

其他兩人見狀，也跟著停下來，回頭望著開始伸展筋骨的大神下凡。

「喂，你該不是想要……」巴雷特看他的模樣，知道他在打什麼主意。

他還沒開口，俞思晴就急忙大聲反對：「不行！我們怎麼能丟下你先離開？」

「我只是想趁機讓妳見識我有多厲害，不用擔心，在你們找到肯特之前，我就會追上你們。」

「那麼我也留下來。」無緣人舉起手，原本應該已經負氣離開的路路，突然從天空飛下，在他手中化作長杖。

他難得英氣十足，用毫不遲疑的態度道：「有我幫忙會快一點，畢竟我們不能在那些人身上浪費太多時間。」

「你、你們——哇！」俞思晴原想責罵這兩個擅作主張的隊友，不料巴雷特竟然就這樣頭也不回地抱著她離開。

「等等，巴雷特，你在做什麼？」

「小鈴，妳應該比誰都明白他們不會有事，再說，身為三人當中等級最低的妳，根本幫不上忙。」

俞思晴心裡清楚，可是被巴雷特直接了當地說出來，還是讓她覺得難堪。

「不用你說我也知道，反正我就是菜。」

巴雷特看到她鬧脾氣的模樣，不由得一笑，「只是現在而已。小鈴，只要等級夠，妳的實力根本不會輸給那兩個人。」

先是送刀，接著又給糖吃，巴雷特的話讓俞思晴開心不已，也增添了不少自信。

「你說得對，我才不會輸給他們！」俞思晴握緊拳頭，信誓旦旦地做出結論。

巴雷特低頭在她的額頭上落下一吻，「這才是我的幻武使。」

俞思晴滿臉通紅地捂著額頭，心臟劇烈跳動的聲音，迴盪在腦海中。

在這麼近的距離下，她好害怕心跳聲會被巴雷特聽見。

她忍不住縮進巴雷特的懷中，把自己藏在他的手臂裡。

聽到也沒關係，就讓她稍微逃避現實，沉溺在巴雷特的溫柔中。

「巴、巴雷特。」她用細到聽不見的聲音，低聲說道：「好希望你不是我的武器AI……」

剩下的話，她決定藏在心底，那是絕對不能告訴別人的祕密。

在確定自己對巴雷特確實有著戀愛的感情後，俞思晴就已經決定要抹煞這從未開始的戀愛新芽，可是——

巴雷特對她越是溫柔，她就越沒有把握無視這份感情。

「汪！」

面前的小白狼停下腳步的同時，巴雷特也跟著跳回地面，站在不停搖尾的牠面前。

巴雷特小心翼翼將俞思晴放下來後，蹲下來和小白狼說：「就是這裡？」

「汪汪！汪嗚！」小白狼點點頭，轉而撲進俞思晴的懷中，想要討獎賞。

「嗚哇……這下不妙。」俞思晴抬起頭看著飄舞在眼前的旗幟，以及座落在城池中央、堅固不摧的大城，垮下臉，「肯特是藏在這裡，還是說……」

可別告訴她，這整座城都是肯特的地盤！

「巴雷特，上去看看。」俞思晴不敢大意，立即命令巴雷特偵查。

「是。」

巴雷特順勢跳到最高的樹頂，蹲低身體，隱藏在樹葉中。

站在樹下等待的俞思晴，提心吊膽地等巴雷特回來。

看著在自己面前落下的巴雷特，連忙追問：「如何？」

「城內都是幻武使，不過也有緹絲蒂娜的惡魔，看樣子我們得往最糟糕的情況判斷。」

「也就是說，肯特知道愛蘭雅女神的目的，做出應對，打算用一城池的對手來對付我們三個人？」俞思晴沒想到肯特竟然這麼絕，當初自己刺她的那刀，恐怕已經讓她感受到危險。

可是，緹絲蒂娜的惡魔就算了，為什麼連其他玩家都任由她擺布？

「得弄清楚其他幻武使待在那裡的原因，我們不能把其他人牽扯進來，引起不必要的戰鬥。」

「這時就得靠遠狙型的我們。」巴雷特露出信誓旦旦的笑容，「我想另外兩人應該能從那群追我們的幻武使口中問出情報，等他們來會合後，再商量看看怎麼做。」

「嗯，那我先還牠自由。」

既然找到肯特的位置了，就不需要再繼續讓緹絲蒂娜的惡魔待在他們身邊，於是俞思晴把小白狼放下，解開牠的項圈。

轉眼間，緹絲蒂娜的惡魔變回原本模樣，惡狠狠地露出尖牙利齒，瞪著俞思晴看。

俞思晴往後退，表明自己沒有敵意，巴雷特則是在旁做好準備。

緹絲蒂娜的惡魔盯著兩人幾秒，便掉頭離開，很快地消失在樹林中。

俞思晴朝牠揮揮手，「小白再見囉！不好意思讓你替我們帶路！」

眼看緹絲蒂娜的惡魔越跑越遠，直到消失不見，俞思晴這才收回手。

轉頭就看到巴雷特摀著嘴巴，站在她身後偷笑。

她被笑得莫名其妙，臉頰泛紅，氣呼呼地質問：「你笑什麼？」

「不，只是覺得小鈴妳真的好可愛，明明很害怕，還跟牠道別。」

俞思晴震了一下身體，但也已經漸漸能夠習慣，知道他的話沒有什麼含意。

沒想到巴雷特竟然湊過來，把她抱在懷裡。

「我真的覺得，小鈴是我的幻武使，是非常幸運的事。」

「哇！等、等等！別這樣……」巴雷特不僅把她抱住，還磨蹭她的臉頰，讓她沒辦法繼續保持冷靜。

然而，她卻聽見巴雷特那若有似無的低語——

「雖然我知道，妳想要的並不是我。」

俞思晴渾身一震，那句話竟然會被巴雷特聽見！

她將害臊的心情全部抛之腦後，慌張地抬起頭想解釋，可是巴雷特早已放開她，接著大神下凡和無緣人就從樹上跳下來。

「不好意思來晚了。」大神下凡游刃有餘地笑著，「那些傢伙比我想的還棘手，而且裡面還有小無認識的傢伙。」

俞思晴連忙收起不安的表情，卻忍不住用顫抖的聲音回答：「是、是嗎……」

最會觀察的大神下凡，怎麼可能錯過俞思晴眼中閃過的猶豫。

他下意識朝巴雷特看去，發現他仍舊笑咪咪的，彷彿什麼事都沒發生。

於是他決定按兵不動，不干涉兩人之間的詭譎氣氛。

「小鈴，妳沒事吧？臉色好糟糕。」無緣人擔心地詢問俞思晴，「我們不在的時候，發生了什麼事嗎？」

「沒、沒什麼啦，倒是緹絲蒂娜的惡魔帶我們來的地方才棘手。」俞思晴的心情雖然很亂，卻還是努力擠出笑容，想讓無緣人放心。

「關於這件事，我們也從那些追兵口中打聽到一些。」大神下凡打開地圖，指著上面畫有旗幟的標記說：「這裡是可攻略的城池，不過現在平均等級還沒這麼高，幻武使要占據城池有些困難。」

封測開始才沒多久，多數玩家都在練等，占領城池這種事，在還沒做足準備前，不可能有人行動。

而且，攻略城池的時間有特別限制，玩家必須以公會為單位參加攻城戰，一個城池最多只能有四個公會互相搶奪，搶奪成功的公會，可以在城內升起公會徽章。

飄舞在城池內的旗幟，表示有公會占領。問題是，攻城戰的時間根本還沒開放，就算開放，憑現在的玩家等級也進不去。

在打攻城戰前，必須經過城池獸王的考驗，戰勝的玩家才能參加。

城池獸王的等級，是遊戲中所有怪最高的，若沒做足準備，只是白白浪費時間。

「我看到城內有許多緹絲蒂娜的惡魔，應該是那些傢伙把城池獸王解決掉的。」巴雷特半推測地說：「你們知道占領這座城池的是哪一個公會嗎？」

大神下凡皺起眉，「這才是最奇怪的地方，追捕我們的幻武使，全都來自不同公會。」

俞思晴嚇了一跳，出乎意料之外的情報，讓她困惑不已。

「那面旗幟上的徽章是什麼？」

「不屬於目前任何一個公會，也從沒見過。」無緣人回答，「我覺得那些玩家似乎是被利用了。」

「利用？」

「嗯，有共同利益才能驅使他們合作。」無緣人點點頭，「剛才那些人中，有跟我組過隊的同伴。」

「不只如此，妳還記得之前拿大劍的那個幻武使嗎？」

大神下凡一句話喚醒俞思晴的記憶，連忙點頭。

「難道他也在？」

「是啊，我原本想抓住他問情報的，結果被他的補師擺了一道，讓他們逃了。」大神下凡懊惱地搔著頭。

「那個男人的同伴不是什麼好對付的傢伙。」同樣練補的無緣人，比誰都清楚對方的實力。

他注意到俞思晴擔憂的表情，連忙安撫：「啊！不過妳別擔心，我比她厲害很多，所以不會有事的！」

「不管怎麼說，這城我們是攻定了。」

俞思晴並不是在擔心對方的補師有多厲害，而是害怕。

他們只有三個人，要怎麼攻下超過他們N倍人數的城池？

還沒來得及討論這個最重要的問題，城池方向出現閃光，三人察覺到攻擊，同時跳開往不同方向閃躲。

俞思晴張開手，在空中翻轉身體的同時，抓住化為狙擊槍的巴雷特。

她蹲低身體，將氣息隱於樹叢中，只能依靠隊伍頻道和另外兩人取得連繫。

「你們沒事吧？」

「沒事。」最先回答的是無緣人，「看來剛才逃走的人，已經向城裡回報我們的事情了。」

「城牆上都是遠距離型的打手，嘖，他們手邊的槍族人數還真不少。」

大神下凡似乎找到一個不錯的地點觀察城池，將情況告訴他們。

俞思晴緊張得流下汗水，剛才的攻擊，確實是槍族技能，只要站在最有利的地點進行攻擊，槍族就是很難纏的對手。

同為使用槍族的幻武使，俞思晴很清楚自身的優勢及弱點。

她從背包內叫出彈匣，重新裝填。

「城牆上的槍族由我對付，我會製造機會讓你們進入城池。」

「對方早就預料到我們會這麼做，只有我們兩人闖進去，根本是找死。」大神下凡果斷否定她的點子，「我們現在的問題，可不只有那些瞄準我們的槍族。」

「意思是，得找到空隙潛入……」俞思晴會意過來，卻充滿不安。

確實，以他們的情況來說，潛行是最快最妥當的方法。問題是，他們的位置已經被發現，現在連出去都有困難，更別說是接近城池。

「傳送魔法大概也沒辦法，對方的魔法師肯定有預防。」大神下凡喃喃自語道：「我們的人數也在對方的掌握中，要用誘餌的方式恐怕也不可能。」

「喂！好像有人過來了！」無緣人忽然打斷大神下凡的聲音。

下一刻，大片火焰吞噬掉整片樹林，眨眼間就將樹木燒成焦炭。

躲在樹叢裡的俞思晴慶幸自己不是躲在樹上，在確認自己安全的同時，也趕緊和另外兩人聯繫。

「你們沒事吧？」

「哦，原來在這裡。」

才剛開口，就有聲音從樹叢外傳來。

而且聽起來，有些耳熟——

大劍落下，將樹叢砍成兩半，幸好俞思晴早一步跳開，正好與劍身擦過。

她慢慢回頭，看著對她露出笑容的男子，接著她的腹部就被對方狠狠踹下，整個人往後飛撞在焦黑的樹幹上，連同一起倒地。

「咳咳！」俞思晴乾嘔出聲，腹部炙熱的疼痛，讓她覺得好像被火燒過。低頭一看，腹部的衣服竟然燒得焦黑，露出被燒傷的肌膚。

「好久不見，小偷貓。」

「呵……原來是你這個中二。」

持有大劍的男子，就是之前因為被她「不小心」打走副手武器，而對她叫囂的狂戰王。

他的身邊站著一名身穿優雅長袍的女孩，不用想也知道是誰。

沒想到還會再見到這兩個人。

「小鈴！妳沒事吧？」變成狙擊槍的巴雷特，著急地問著，他能夠感受到幻武使的血量及身體狀況，恨不得立即變回人形。

俞思晴撐著身體站起來，「不用擔心，我沒事。」用手背擦去嘴角的血，游刃有餘地說：「只不過掉點血，根本不算什麼。」

狂戰王帶著一批人，與當時在副本裡打武器的同伴相同，就和大神下凡說的一樣，這些人也都投靠肯特，待在這座城池裡。

「你們為什麼會在這裡？」她倍感不解。

狂戰王勾起嘴角，「還有為什麼？玩家會聚集的理由，不就是為了取得珍貴道具嗎？」

「珍貴道具？你到底在說什麼……」

「真意外，妳居然不知道，我還以為妳也是為了這個道具而來的。」狂戰王由於過度自信，脫口將俞思晴想要的情報說出口：「就是傳說中的女神啊！只要得到由女神打造的武器ＡＩ，區區的副手武器根本算不上什麼。」

原來如此。

俞思晴終於明白為什麼包含狂戰王在內，會有這麼多幻武使聚集在此。

「那麼，你們為什麼要對我們出手？」

狂戰王露出邪惡的笑容，用大劍指著她。

「因為你們手上那三把副手武器，是達成這個任務的關鍵道具，只要收齊，女神就會出現，雙手奉上那把神級武器！」

狂戰王的說法，聽起來有些耳熟，不過俞思晴卻不太在意。

她算了算眼前對手有幾人，開始在心中擬定作戰計畫，也不忘繼續和狂戰王對話。

「看來你們的「任務」和我們有分歧。」

「……什麼意思？」

狂戰王挑起眉，對俞思晴沒來由的發言感到困惑。

任務的扭曲始於肯特女神，為了讓一切回歸正軌，愛蘭雅女神創造這三把副手武器，希望由幻武使來結束她沒有完成的事。

然而，肯特女神卻再次利用遊戲裡的玩家對「任務」及「限定道具」的執著，來成為她的幫手。

俞思晴抬起頭，舉起狙擊槍對準狂戰王。

「我呢，是被人拜託就沒辦法拒絕的類型！」

說完話的瞬間，身上衣裝瞬間轉變為飄飄然的女神型態。

包括狂戰王在內的幻武使們，全都看傻了眼。

「流星雨！」俞思晴扣下扳機，槍口射出巨大子彈，瞬間化作無數星點，同時朝狂戰王等人衝去。

眼看戰鬥開打，位於隊伍中的輔助法師準備張開防禦，然而從天而降的人影卻從後頭抓住他，三兩下的血量歸零。

在沒有人察覺到失去輔助法師的情況下，子彈如驟雨貫穿所有人。

回過神來才發現防禦魔法沒有發動的狂戰王等人，直接受到攻擊，血量損失極大。

「狂戰王，你沒事吧？」

總是待在他身邊的女補師，趕緊過來替他療傷。

明明俞思晴的等級是在場所有人最低的，卻擁有如此大的戰鬥力，究竟是怎麼回事？

女補師看著俞思晴身上穿的衣服，眼神顫抖。

「那套衣服到底是怎麼回事……」

「哼！」恢復體力的狂戰王，揮舞大劍站起來，指著俞思晴大吼：「妳竟然敢把本大爺打成這樣！脖子給我洗乾淨點！」

說完，他猛一踏步，瞬間逼近俞思晴。

俞思晴本來使用這招的意思，就是打算將其他人支開，以一對一的方式和狂戰王戰鬥，畢竟只有她的情況下，不可能以一打多。

輕鬆落入圈套的狂戰王，讓俞思晴安心不少。

狂戰王使用的武器是刃族，也就是近戰型武器，雖然攻擊力是所有種族中最高的，相對來說速度很慢。

在使用槍族的她眼中看來，就像是靜止不動，要閃避他的攻擊根本不成問題。

「小鈴，剩下的人就交給我，妳只需要專心解決那個暴衝男就好。」隊伍頻道裡傳來大神下凡的聲音。

接著，無緣人也開口：「我負責女補師，不會讓她有過去插手的機會。」

俞思晴用槍身擋住大劍的攻擊，反身跳到樹上。

他們已經退到沒有被火延燒的樹林中，在這裡，能夠安心對付這個男人。

大神下凡的意思，就是想要「擒賊先擒王」，只要能讓狂戰王放棄，其他人也就不會再對他們保有敵意。

她悄悄看了一眼狂戰王，見他滿臉怒容，像是要把她大卸八塊似的。

「你跟你的補師分開，沒關係嗎？」俞思晴故意問道。

「關她什麼事！這是妳跟我的問題！」狂戰王拍著胸膛大喊：「我可是大劍之王奧・迪曼！就算沒有補師也照樣能上戰場！」

這已經是俞思晴第二次聽他這樣稱呼自己，不由得好奇，既然這麼喜歡這個名字，為什麼玩家名字還要用「狂戰王」。

「好好好，怎樣都好。」俞思晴將狙擊槍扛在肩上，「那麼，在開戰前你敢跟我打賭嗎？」

「打賭？」

狂戰王皺緊眉頭，努力地在理解她的意圖，「什麼意思？」

俞思晴知道他會有所提防，便解釋：「不用擔心，不會讓你吃虧的。只是這場一對一的戰鬥結束後，輸的那方必須絕對服從贏的那方，你意下如何？」

狂戰王聽見俞思晴的提議，嘿嘿笑道：「妳剛才可是被我踹飛，等級也跟我相差二、三十等，這樣妳還敢跟我打賭？」

「是啊，對你來說可是相當划算的賭局。」俞思晴笑道：「如何？賭還是不賭？」

腦袋一直線又單純的狂戰王，想也不想，立即答應。

「好，我賭！」

俞思晴露出邪笑，就像是釣到大魚般開心。

她快速從背包內拿出其他子彈，裝入狙擊槍內，「那就事不宜遲，趕緊開戰吧。」

「正合我意！」

狂戰王揮舞著大劍朝俞思晴奔去，俞思晴站在原地，在他來到自己面前的瞬間，扣下扳機。

槍口內射出的不是子彈，而是棉花般的雲團，狂戰王一見情況不對，想要退後時已經來不及，將這些雲團吸進身體內。

當下他全身發麻，動彈不得，將劍插入地面，必須依靠它才能勉強站穩。

「這是什麼……」

「麻痺子彈。我的狙擊槍能射出的可不只有子彈。」俞思晴重新換上彈匣，對準虛弱的狂戰王，「而且在這身服裝的效果下，我的所有數值會上升兩倍。」

她瞇起眼，「這樣就結束了。」

在她扣下扳機的前一秒，狂戰王突然抓狂似地衝上前，掐住她的脖子。

俞思晴太過大意，還以為這樣他就會動彈不得，根本沒想到他還有力氣反擊。

掐住脖子的手腕，甚至比之前的攻擊都還要有力。

「唔——」

「我可是大劍之王，不可能輸！」狂戰王殺紅眼，將俞思晴痛苦的表情映入眼簾，甚至能看到蛛網般的血絲，「不過是個菜鳥，居然在我面前如此放肆，我要打贏妳，讓妳徹底敗在我的腳下！」

俞思晴緊咬下唇，放開懷中的狙擊槍，抓住狂戰王的手腕，雙腿縮起，朝狂戰王的胸口狠狠踩下去。

身體順著力道的方向，向後仰，狂戰王也因為身體麻痺而無法站穩。
兩人順勢倒在地上，狂戰王重重壓在俞思晴身上，俞思晴露出痛苦的表情。
狂戰王匆匆爬起，將她的雙手反壓在頭頂，氣得大吼：「妳竟然還有力氣反——」
話還沒說完，原本殺紅的雙眼，瞬間瞪大。
俞思晴因為剛才喉嚨被掐著，難受得眼眶泛淚，因缺氧而臉頰微紅，布料本來就少的這套衣服，也被他弄得凌亂不堪。
眼前的「景色」讓狂戰王腦海一片空白，接著後腦勺就被重物狠狠揮打，兩眼翻白，直接倒地昏死。
俞思晴眨眨眼，看著手持木棍、似笑非笑的巴雷特，不知道為什麼，有種渾身發冷的感覺。
「妳沒事吧?小鈴。」巴雷特的臉頰還能清楚看見不爽的青筋。
俞思晴撐起身體，轉頭看著兩眼昏花、滿頭是血的狂戰王，稍微鬆了口氣。
她叫出系統，換回原本的衣服。
「我沒事，沒想到就算穿上能夠增加兩倍數值的服裝，等級差距還是挺吃虧的。」

「要不要在他身上綁石頭，讓他沉入心湖湖底？」

「……巴雷特，不要做這麼恐怖的事，放下你手中的繩子。」

俞思晴雖然感謝巴雷特幫她一把，卻不想趁人之危。

幸好到最後麻痺子彈還是起了效果，不然也沒辦法這麼順利。

原本她就打算用不傷害對方的方法戰勝，雖然事情沒有想像中順利，至少結果是好的。

現在只希望這個中二的狂戰王，能夠遵守他們之間的賭局。

「狂戰王！」

驚呼聲從不遠處傳來，接著那名女補師就飛奔而來，擔憂地抱起不省人事的狂戰王，還一臉不敢置信地看著俞思晴。

「這怎麼可能！妳到底是用什麼方法打倒他的？」

俞思晴不敢說，打昏他的人是巴雷特而不是她。

女補師也沒有意思要聽她解釋，連忙使用治療術，沒過多久狂戰王就清醒過來。

「唔……我的頭好像被石頭砸過。」狂戰王盤腿坐在地上，搖搖晃晃地扶著額頭，回頭一見到女補師，就沉著氣問：「老姐，發生什麼事？」

女補師用手杖狠敲他的腦袋，「我才要問你！你怎麼會被等級比你低的人打敗？」

看著女補師氣憤地指向站在巴雷特身邊的俞思晴，原本半睡半醒的狂戰王，驚愕地從地上跳起來。

「啊——痛！」

「大叫什麼！想嚇死人啊？」

女補師很不客氣地朝他腦袋扁下去。

兩人的互動讓俞思晴不知道該做何反應才好，直到剛剛她才明白，原來這兩人是姐弟。

初次見面的時候女補師溫柔又賢淑的形象，全都破滅了。

狂戰王似乎被女補師吃得死死的，完全無法反抗，倔強地嘟著嘴。

「我、我跟她打賭，說是輸者就要完全服從勝者。」

「啊？」女補師皺起眉頭，連俞思晴都能看到從她背後冒出的黑色煙霧。

恐怕那東西就叫殺氣。

「你在說什麼蠢話，誰要你私自答應這種事的？」女補師手中的法杖都快被她折斷，巴雷特頓時有些同情這個幻武使的武器ＡＩ。

「男子漢大丈夫，一言既出駟馬難……噗嗚！」

女補師一拳揮過去，將狂戰王KO在地。

她凶神惡煞地轉過頭來瞪著俞思晴，差點沒把她嚇得魂飛魄散。

巴雷特出手擋在俞思晴面前，笑盈盈地對女補師說：「不好意思，請別恫嚇我的幻武使可以嗎？」

女補師撩起長髮，看起來沒那麼生氣了。

「真是令人頭痛的蠢弟弟。」她說完，盯著俞思晴看，「不好意思，我弟弟雖然愚蠢，卻仍是我們公會的會長，能不能請妳收回賭約？」

俞思晴不想為難對方，再說她之所以會提出這個條件，也只有一個原因。

她看女補師似乎是個能夠溝通的人，便說道：「可以，但交換條件是你們必須協助我們潛入城池，我們在那裡有非做不可的事。」

女補師眨眨眼，思考許久才回答：「好吧。但是妳不許把他輸掉的事情告訴其他人。」

俞思晴點點頭，這才讓女補師重拾原本的好心情。

「要是敢對我說謊，我可是不會放過妳的喔。」

「我、我明白了……」

女補師雖然漂亮，卻是個恐怖的人。

她看著女補師拉住狂戰王的腳，拖著他離開，趕緊跟上去。

「那個，我叫做泡泡鈴，請多指教。」

女補師看了她一眼，似乎有些驚訝，不過她還是友善地回答：「我是煙花三月。」

就這樣，俞思晴和這個有著雙重人格的女補師搭上關係。

雖然有點可怕。

第九章　肯特女神篇（中）

Sniper of Aogelasi

俞思晴跟著煙花三月回去和其他人會合，沒想到幾乎所有人都被打倒在地，大神下凡興致高昂地踩在人山上，對其他不敢往前的幻武使叫囂。

「喂喂喂，剛才不是挺有志氣的嗎？怎麼現在都成了縮頭烏龜？」

大神下凡臉頰和衣服上沾有鮮血，邪笑的表情根本和殺人魔無異。

煙花三月和俞思晴的眼神瞬間死得徹底。

無緣人似乎不知道怎麼阻止大神下凡，一見到跟在煙花三月身邊的俞思晴，眼睛瞪到快掉下來。

「小、小鈴？妳怎麼跟……」

「不用擔心。」俞思晴見煙花三月置之不理，把狂戰王拖到旁邊去，便走過來和無緣人解釋，「我剛才已經和她談好條件，她會協助我們潛入城池。」

「什麼？」無緣人訝異地盯著她看，「妳是怎麼做到的？」

煙花三月並非簡單的角色，他原本負責攔阻煙花三月，卻沒想到輕易就被她甩掉，結果和大神下凡一起被其他幻武使阻撓，無法追過去。

他很想告訴大神下凡這件事，但大神下凡似乎打上癮，根本聽不見他說的話。

於是他只好慌慌張張地站在旁邊，等大神下凡恢復理智。

沒想到，等著等著俞思晴就先和煙花三月一起回來了。

「事情的經過不重要，總之我們現在有辦法能夠潛入城池，這才是重點。」

「小鈴說得沒錯。不過，我們是不是得先把他拉下來？」巴雷特走過來，笑盈盈地指著如猛獸般瞪著其他幻武使的大神下凡，提醒兩人他的存在。

俞思晴無奈地嘆口氣，才剛要大喊，就看到煙花三月舉起法杖，施展大範圍的復活術。

一瞬間，大神下凡踩在腳下的幻武使們，全都復活過來，把大神下凡甩下去。

大神下凡這才慢半拍地發現煙花三月的存在，不過當他看到被她拖行的狂戰王後，露出狡詐的笑容。

「欸？這男人竟然被打倒了？」

煙花三月收起冷漠的態度，變回俞思晴初次見面的那個很有禮貌又氣質的女孩子，笑盈盈地對他說：「泡泡鈴提議跟我們合作，所以能不能請你別再對我們的公會成員出手？」

提起俞思晴的名字，大神下凡不快地嘖了聲。

「既然是我可愛的準老婆的意思，我也不好意思拒絕。」

「你還有這種自知之明啊？」俞思晴走過來，搭住大神下凡的肩膀，「還有，我不是你的準老婆，別說這種讓人誤會的話。」

大神下凡笑盈盈地看著俞思晴，想把她摟進懷裡，卻被她巧妙地閃開了。

「別害羞嘛！我們遲早會成為夫妻啊。」大神下凡的模樣就像是猥褻的變態，俞思晴冷不防倒退幾步，躲到巴雷特背後去。

無緣人眼看煙花三月的表情越來越恐怖，連忙阻止大神下凡無視對方的舉動。

「別、別再鬧了，別忘了我們還有正事要辦。」

大神下凡這才乖乖停止自己的騷擾行為，回頭對煙花三月說：「哦，說的也是，這件事比較重要呢。那麼，妳知道多少？」

剛恢復的那些幻武使，看不慣大神下凡這種目中無人的態度，但他們剛才兩三下就被大神下凡ＰＫ掉，根本不敢輕舉妄動。

察覺成員們的怒意，煙花三月也不打算跟他們合作太久，免得影響其他成員們的心情。

己方輸得很慘，身為會長的狂戰王還昏迷不醒，對方又高高在上地命令他們——這對狂戰王的「威信」很不利。

花了很長一段時間，她好不容易讓成員們相信狂戰王是絕對無敵的公會會長，增加他們對狂戰王的崇拜度，才能讓成員們團結一心。

沒想到，今天會差點毀在這三個人手上。

她已經替狂戰王療傷完畢，只是為了不讓他壞事，才會暫時讓他小睡一下。現在的情況，已經不是狂戰王這種直率又不會思考的腦袋瓜能夠應付的了。

「我只知道你們要混進城池。」她坦白地回答。

大神下凡摸摸下巴，與俞思晴交換眼神。

「所以，已經決定用潛行的方式「偷渡」進去？」

「這不是你提議的嗎……」

大神下凡的問題，令俞思晴感到無奈。

正是因為大神下凡想要這麼做，她才會想出這個辦法。

「真不知道你們在想什麼，城池裡可是有不少玩家，光靠你們三個人，根本不可能做得了什麼，再說——」煙花三月的目光掃過俞思晴三人，覺得古怪，「你們這個三人小隊，怎麼想都奇怪。」

大神下凡與無緣人的等級已經幾乎要封頂，他們的名字常常掛在排行榜上，隨便就能查到，可是和他們組隊的俞思晴，卻是在場所有人最低等級的菜鳥。

兩名高手玩家與一名菜鳥的組合，讓人不起疑都難。

「你們真是遊戲裡的奇葩隊伍。」

煙花三月最後將目光落在俞思晴身上，讓她下意識地抖了一下身體。

還以為她會開口數落自己，沒想到煙花三月卻轉過身，和自己的同伴們說：「我們要協助這三個人進入城池，誰都不許將消息曝露出去，這也是我們公會會長狂戰王的意思。」

她說完，轉而用銳利的目光，斜視三人。

「不過，我們只會讓你們順利進入城池，之後的事情，就與我們公會無關。」

俞思晴點點頭，「沒問題。」

在煙花三月等人的協助下，俞思晴一行人順利潛入城池內部。為免太過招搖，他們小心翼翼地繞過人群。

煙花三月真的就如同當初所說，進入城池後就掉頭離開，俞思晴連一句謝謝都還來不及說，他們就離開了。

煙花三月雖然可怕，卻很守信，讓俞思晴對她沒有那麼畏懼。

不過除她之外，身為排行榜上的紅人，大神下凡跟無緣人潛行的危險度，比她還要高很多，這也讓他們的行動變得更加困難。

大神下凡笑著說沒問題，一邊帶領他們走在陰暗處，一邊來到緹絲蒂娜的惡魔聚集的地方。

三人趴在屋頂上，同時往下看。

「這裡應該就是肯特的所在位置吧？有這麼多緹絲蒂娜的惡魔。」無緣人顫抖地看著那些凶神惡煞的副本王怪，甚至看到牠們在啃咬城池獸王的模樣，根本沒有想下去的意思。

大神下凡倒是很開心，「沒有其他幻武使，就只有讓緹絲蒂娜的惡魔看守，還躲在這麼華麗的神殿裡——我想應該沒錯。」

為了隨時都有可能發生的戰鬥，俞思晴和無緣人早就已經讓武器ＡＩ變回武器型態，小心翼翼地警戒著。

他們之中唯一沒有使用武器ＡＩ的大神下凡，反倒老神在在。

「我去調查看看。」大神下凡起身，卻被俞思晴拉住。

「等等，難道你想要自己衝進去？」

「人多就不好調查了，所以妳乖乖地和小無待在這等我。」

「我才不要。」俞思晴嘟起嘴，滿心不服，「說好要三個人一起行動了，不許你隨便打破約定。」

大神下凡眨眨眼，忍不住用手捏起俞思晴的嘴唇，笑咪咪道：「好好好，親愛的老婆說的話，我怎麼能不遵守？」

他邊說邊攤手坐下，「唉！可是我們現在衝進去的話，就會被發現，想要解決肯特就更加困難。」

「而且水之精靈說過，三把刀都必須插進肯特女神的身體裡才能徹底讓她消失。」無緣人接著補充，卻看見俞思晴困惑的表情，「咦？難道水之精靈沒把這件事情告訴妳？」

俞思晴搖搖頭，「她告訴我的事太少，我根本就沒聽說什麼。」

低頭看著掛在腰間的短刀，俞思晴皺起眉頭，「也就是說，我們三個要同時對付肯特，不能有任何一個人缺席。」

「所以妳說，愛蘭雅女神是不是很誇張？這種事怎麼可能辦得到，更別說我們只有三個人。」大神下凡忍不住開始抱怨起來，「光是要想辦法繞過這些緹絲蒂娜的惡魔，就已經是不可能的事了。」

「……不，或許有辦法。」俞思晴想了下，從道具欄位裡叫出彈匣，「但是我需要小無的協助。」

無緣人眨眼指著自己，歪頭問：「我？」

俞思晴點頭，附耳對他說出自己的計畫，無緣人露出恍然大悟的表情。

「好，我明白了！」

「那麼，大神下凡你在這裡待著，因為我們的時間有限，你的速度快，就靠你找出肯特的位置。」

大神下凡搔搔頭髮，「這倒是沒問題，我已經很習慣跟時間賽跑，倒是你們兩個人，究竟打算做什麼？」

俞思晴與無緣人交換眼神，笑嘻嘻道：「我們要去引開緹絲蒂娜的惡魔。」

無緣人用傳送法術，帶著俞思晴出現在城牆上。

忽然出現的兩人，很快就被守在城牆上的幻武使們發現，沒花多少時間便將他們團團包圍起來。

「發現了！」

「他們是從哪裡鑽進來的？這裡明明就有魔法屏障，無法從外面傳送進來才對！」

幻武使們你一言、我一語，雖然慌張，卻沒有忘記最重要的事——將他們抓住。

手持武器ＡＩ的幻武使們撲向兩人，無緣人仍舊牢牢摟住俞思晴的腰，俞思晴則露出狡詐的笑容，游刃有餘地看著撲向他們的玩家。

她舉起槍，對準天空。

碰一聲槍響，紅色子彈射入天空，像是煙火般散開。

距離這裡不遠的緹絲蒂娜的惡魔們，聽見聲音，目不轉睛地盯著空中光芒，同時很有默契地朝煙火正下方飛奔過去。

大神下凡在緹絲蒂娜的惡魔離開後，立即鑽進神殿內，還不忘對俞思晴的計畫感到佩服。

「沒想到她的計畫進行得這麼順利。」

煙火落下，火花灑在城牆上的幻武使們身上，所有人感到身體一陣刺痛，接著彼此對看，同時驚叫出來。

「啊！你你你怎麼——」

所有人都變成城池獸王的模樣，連最正常的對話都無法進行。

腦袋還沒跟上現實情況，就聽見後面有人傳來慘叫聲。

接著，緹絲蒂娜的惡魔整群撲過來，開始不分青紅皂白地對他們展開攻擊。

無緣人摟著俞思晴，離開這場亂戰，來到附近的屋簷上。

底下已經一團亂，看起來就像是野獸之間的打鬥。

俞思晴掩嘴笑道：「心湖打到的「獸化裝備」還真有趣。」

她在心湖練靶時，打到許多稀奇古怪的道具，這個「獸化裝備」就是其中之一。以往是在節慶活動時才會有的特殊道具，沒想到會隱藏在掉落物中，她看到的時候也很驚訝，想著改天要來嘗試一下。

「獸化裝備」搭配她的招數「流星雨」，能將裝備分散在這些幻武使身上，讓他們短暫化做地區怪的模樣。

一般來說，一張地圖的地區怪不會只有單種類型，然而這附近的「地區怪」，就只有城池獸王，所以這些幻武使就變成城池獸王的模樣。

而被肯特下令對城池獸王展開攻擊的緹絲蒂娜的惡魔們，就這樣輕輕鬆鬆地被引開，讓大神下凡有機會溜進去。

配合「流星雨」所使用的「獸化裝備」，原本有三十分鐘的效果，現在大約只剩三十秒左右。

在有限的時間內，大神下凡必須找到肯特的位置，然後無緣人再一口氣把他們兩人傳送到大神下凡身邊。

只有這樣，他們才能夠在三人聚集、沒有干擾的情況下，同時攻擊肯特。

——到這邊，都有按照她的計畫進行，雖然看起來很順利，俞思晴卻不明白，自己心中浮現出的不安感，究竟是什麼。

「大神下凡沒問題吧?」她忍不住向無緣人詢問。

無緣人勾起嘴角,「不用擔心,他可是讓全伺服器玩家感到畏懼的大神級人物,肯定不會有問題的。」

雖然有無緣人的保證,俞思晴仍舊感到擔憂。

即便是個討厭又纏人的變態,卻是會擔心他。

「他只有三十秒,雖然「獸化裝備」解除後,緹絲蒂娜的惡魔們不會立即返回神殿,但時間還是很緊湊。」

無緣人替那些被緹絲蒂娜的惡魔攻擊的玩家們感到可憐,心裡內疚。

被俞思晴變成城池獸王的幻武使中,有他以前的伙伴,雖說已經分開了,但他還是感到不忍心。

兩人在心中默算時間,三十秒說快不快,回過神來已經到時間了,幻武使們身上的裝扮也全部卸除,但大神下凡還沒有聯繫他們。

「哇啊!快、快攻擊!」

「這些傢伙可是緹絲蒂娜的惡魔,是要怎麼打!」

恢復原樣的幻武使們,根本沒心情去管把他們變成城池獸王的俞思晴,急急忙忙應付這些緹絲蒂娜的惡魔。

俞思晴和無緣人看著眼前的混亂情況，同時眨眼。

「小、小鈴，這是怎麼回事？」

「我也一頭霧水。」

俞思晴和無緣人愣住不動，這群緹絲蒂娜的惡魔不知道為什麼，突然毫無忌憚地對幻武使們展開攻擊。

就在他們心存疑慮時，城牆邊緣突然出現一團白色毛球，身材矮小，就與不久前被俞思晴收服的那隻小白狼沒什麼不同。

「咦？那隻小型的緹絲蒂娜的惡魔……」俞思晴注意到牠，發現牠也在盯著自己看。

視線對上的瞬間，她心中的不安感，突然憑空消失了。

精明透亮的眼珠，似乎是在對她說些什麼。

「吼嗚！」嬌小的身軀，發出強而有力的野獸吼叫聲，在場所有緹絲蒂娜的惡魔全都停止攻擊，低吼著往後退開。

城池上面的幻武使們，早已被打得遍體麟傷，連聞聲而來的其他人，也因為畏懼緹絲蒂娜的惡魔而不敢有所行動。

「大劍之王呢？快叫他們的補師過來協助！」

「不行，從剛才開始就聯繫不上他們。」

幻武使們想找有許多補師的狂戰王團隊過來，卻聯絡不上人。

喊著這話的幻武使氣得咬牙，再看看眼前慘況，還有為數眾多的緹絲蒂娜的惡魔，實在無法可想。

他氣憤的目光很快就落到引起事端的兩人身上。

在看到無緣人的瞬間，他的眼中閃過一絲詫異。

俞思晴感覺到摟著她的無緣人，下意識地抖了一下身體，慢慢轉過頭。

「小無？」

無緣人的表情十分僵硬，額頭冒出汗水，雙眼緊盯著對方。

俞思晴順著他的視線看過去，發現在倉皇逃竄的人群中，有人正盯著他們。

他不認識對方，可是看無緣人還有那個人的炙熱眼神，他們肯定認識。

難道他就是無緣人曾提過的「以前的同伴」……嗎？

可是看起來，對方不但不想和他敘舊，好像還很火大。

俞思晴默默將這件事放在心底，她知道現在不是該提問的時候，就在這時，隊伍頻道裡突然傳出大神下凡的聲音。

「我找到了！」

兩人回神，互看一眼，無緣人立即按照原先計畫，摟著俞思晴傳送到大神下凡身邊。

畫面瞬間轉移，他們已經來到神殿內，但還沒見到大神下凡，就看到他迅速從旁邊飛撞過去，重摔在地。

無緣人和俞思晴錯愕地僵住身體，慢慢回過頭。

大神下凡渾身是傷地倒臥在龜裂的地板中，一動也不動。

眼看他的血量幾乎歸零，無緣人趕緊舉起法杖，施展治療術。

還沒來得及發動，燃燒的巨大火球就朝他們迎面而來。

「這是什……」

「繼續施術！小無！」

俞思晴最先反應過來，將狙擊槍背在身後，叫出短刀，直接將火球劈開。

法術順利瓦解，俞思晴也安然無恙地踏在地上，她慢慢起身，看著衣服飄舞的肯特。

外表是男性，但內裡已經完全被「刪除的女神」占據，如今他的眼眸看來，不再是最初認識的那個純真孩子了。

如同水之精靈所說，「肯特」已經完全消失。

「肯特女神。」她依照對方的要求，如此稱呼他，「已經夠了，我不會再讓妳繼續擾亂遊戲進行。」

「呵。」再次見到俞思晴，肯特似乎很高興，「我不知道妳用什麼方法讓緹絲蒂娜的惡魔脫離我的控制，但妳可別以為，這樣就有辦法孤立我！」

俞思晴聽不懂她的話，但是從肯特的反應來看，似乎篤定就是她搞的鬼。這件事，難道跟那隻小小的緹絲蒂娜的惡魔有關？

不打算戳破謊言的俞思晴，反手握住短刀，「有本事妳就試試看。」

由三人當中等級最低的她來說，或許很沒說服力，可是她想再稍微觀察一下情況。

原因還不清楚，但可以確定的是，肯特女神很討厭她。

只要讓她把注意力放在自己身上，無緣人就有時間替大神下凡回血。

「妳是打算拖延我，讓妳的同伴有時間恢復？」肯特女神突然開口，準確說中俞思晴的盤算，讓她一瞬間露出不安的神情。

肯特女神見她慌張，笑得更開心了。

「我知道你們會追過來，才會占據這座城池。難道妳以為，我會什麼都不做，就等著你們來除掉我？」

地面開始震動，整座神殿就像是要崩塌般，能夠清楚看到天花板崩裂的痕跡。

——原本以為是這樣。

從龜裂的縫隙中，冒出樹根，靈活地將牆壁碎片包覆起來。

接著在纏繞的樹藤細縫裡，流出清澈的泉水，將地面鋪上一層薄薄的水。

站在其中的肯特女神，就像是出淤泥而不染的荷花，純潔而神聖。

她交叉雙腿踏在水面上，美得令人窒息，可是俞思晴根本沒心情讚嘆。

「這裡將會是我的新神殿，而你們，就是我解決掉的第一批害蟲。」

將幻武使稱之為「害蟲」，可見她有多厭惡他們。

俞思晴不干示弱，低聲對背後的狙擊槍說：「巴雷特，你暫時退下。」

「什麼？」巴雷特立即拒絕，「不行，身為妳的武器AI，一定要跟妳同進退！」

不想再讓巴雷特像上次那樣差點死掉，俞思晴不顧他的意願，強迫命令：「我是你的幻武使，我的命令就是絕對。」

巴雷特沉默不語，這才默默變回人形，從背後緊緊抱住俞思晴。

「小鈴，答應我，不要亂來。」

背後的炙熱，讓俞思晴覺得心暖暖的，也讓她更有勇氣面對敵人。

她允諾：「不用擔心，就算是我，也有學習能力。」

巴雷特這才放開手，退到後面去。

這時，已經恢復的大神下凡和無緣人一併從他身邊經過。

巴雷特抬起頭，看著能夠站在俞思晴身邊的兩人，難受地握緊拳頭。

「你這是什麼窩囊的表情？」路路飛到巴雷特身邊，一看到他那副像是被丟棄的表情，忍不住碎念：「我們武器ＡＩ的存在就是要協助幻武使，你好歹也該用腦袋瓜判斷一下，現在是否該輪到我們上場，而不是感情用事。」

「我知道，可是……」巴雷特用著幾乎讓人聽不見的音量，喃喃自語，「即使如此，我還是很希望能夠像那兩個人一樣，站在她身邊。」

路路的聽力很好，就算是含在嘴裡的話，牠也聽得見。

於是牠用怪異的目光，直盯著巴雷特看。

「我說，你是不是有點奇怪？這可不是武器ＡＩ該對幻武使有的感情。」

「什麼感情？」巴雷特反倒被牠點醒，一臉困惑，「我只是不想把小鈴身邊的位子讓給別人而已，這樣是……什麼感情？」

他邊說邊自我懷疑，摸著下巴。

路路朝他揮爪，無奈道：「你這麼認真問我，我也不知道。總之，你可別因為太過保護你家的幻武使，就忘記我們這些武器ＡＩ的工作。」

路路並非不想管，只是牠知道，這件事管起來絕對不簡單。

索性就當作什麼都沒看到，讓事情就這樣過去吧。

——反正，與牠無關。

第十章　肯特女神篇（下）

Sniper of Aogelasi

「妳可是把我打得好慘啊，臭女神。」大神下凡扭著肩膀，一臉不爽。

「我們來幫忙了，小鈴。」無緣人手持短刀，站在俞思晴身邊，笑嘻嘻地對她說。

兩人各自站在她兩側，讓俞思晴原本不安的心，增添許多勇氣。

「真是的，你們太慢了啦！我可是很想早點解決這件事，好好玩我的遊戲。」

俞思晴擺出戰鬥姿勢，手中刀刃閃爍著厲光，可以看出她有多認真。

總不能讓俞思晴專美於前，大神下凡和無緣人也同樣擺好架式，三人的目光皆放在肯特女神身上。

肯特女神冷淡的目光掃過他們，絲毫不畏懼他們手中那把能夠斬殺她的武器。

「你們這些無知的幻武使，當真以為光靠氣勢就殺得了我嗎？」

從身體冒出白色的霧氣，腳底的水面鑽出許多顆水珠，環繞在三人周圍。

瞬間，水珠變為針狀，朝他們刺過來。

他們很有默契地同時跳開，斬斷這些水針，不知道是他們的力量太大，還是因為這把短刀的關係，這些水針就像剛才那顆火球一樣，輕而易舉就被解決掉。

但是，肯特女神並沒有給他們喘息的機會，甚至對他們能夠輕易解開自己的法術這件事，早已有所預料。

她舉起手，握住從水底拔起的兩把長戟，閃身來到無緣人面前。

才剛解決完水針的無緣人，一見到忽然冒出來的肯特女神，驚愕地瞪大雙眼。

還來不及回過神，身體就被長戟重擊，整個人向後撞在牆壁上。

肯特女神身形如同貓一般靈巧，在打擊無緣人後，又立刻轉向大神下凡。

聽見巨響聲而轉頭的大神下凡，清楚捕捉到肯特女神的殘影，立即叫出另一把副手武器，放在眼前交叉，好不容易才擋下長戟的利刃。

雖然愛蘭雅女神賦予的黑綠色短刀安然無恙，但是他叫出的另一把副手武器，卻化作碎片，消失在他眼前。

失去平衡的大神下凡，趕緊向後跳開，眼睜睜看著長戟砍落他原本站的地面，濺起水花。

水花中，大神下凡與肯特女神對上眼，長戟劃破水，但攻擊的目標卻不是大神下凡，而是打算從後面偷襲的俞思晴。

俞思晴踏在長戟的刀刃上，沿著長棍貼近肯特女神，黑綠色刀刃劃破她的衣服，在她胸前留下一記刀傷。

肯特女神痛苦地摀著胸口，往後退開，俞思晴也識相地不再追擊。

「沒事吧？小無！」她大聲詢問慢慢爬起來的無緣人。

「我沒事，抱歉。」幸好他即時使用防禦魔法，抵消不少力量，才沒受到重創。雖說沒有使用武器ＡＩ，會無法完全將技能發揮出來，但這點傷不算什麼。

「小鈴、小無，趁現在！」大神下凡提醒兩人後，率先衝出去。

俞思晴和無緣人也不落人後，跟著大神下凡。

肯特女神見三人氣焰高漲，不甘居於下風，雙手長戟一揮，引來強勁風壓，阻止三人前進。

但是，大神下凡卻突然使出技能，低聲說道：「疾風！」

三人的速度比肯特女神的動作還快，輕易躲過風壓攻擊，各自從不同地方逼近肯特女神。

肯特女神眼神出現驚慌，快速縮短的距離、近在眼前的死亡壓迫，讓她再也無法掩飾心中的恐懼，將兩把長戟插入地面。

長戟融化成濃稠液體，漸漸變成巨蟒形態，全身散發出惡臭氣體。

「祝福聖言！」無緣人身邊吹起旋風，輕易就將惡臭氣體吹散，天空降下點點星光，整個區域內的氣氛，變得透澈無比。

理所當然，那兩隻巨蟒痛苦地扭曲身體後消失不見，只留下不斷喘息的肯特女神。

「果然如此。」俞思晴靠近蹲在地上的肯特女神，雙眼微瞇，「因為妳是被刪除的資料，所以沒有辦法存在遊戲世界中，必須不斷經由別人給予媒介，才能維持自己的模樣。」

肯特女神大口喘息，滿頭是汗，剛才使用的，似乎是她的殺手鐧。

她不干示弱，即使身體使不上力，卻仍用凶惡的眼神瞪著她。

「妳憑什麼這麼高高在上地對我說話？」

「因為我已經知道妳為什麼要欺騙其他幻武使來對付我們了。」

「哼，妳在說什麼？我只不過是不想浪費力量。」

「哦？真是這樣？」大神下凡賊笑著來到她面前，毫不留情地一刀插入肯特女神的右肩。

椎心刺骨的劇痛，令肯特女神的臉色刷白，但她卻強忍著痛苦，連自己將嘴唇咬破都不曉得。

不願妥協的強硬態度，讓俞思晴有些心軟，但大神下凡可沒這麼好說話。

「妳這傢伙混得很爽嘛，我可是要把妳給我的傷害，加一百倍還妳！」

「這樣太殘暴了啦。」無緣人不忍心地勸阻大神下凡，「小鈴，趕快來幫忙勸阻他……小鈴？」

俞思晴面無表情地將短刀插入肯特女神的左肩，甚至無視耳邊的慘叫聲，態度冰冷地對他說：「我有件事想問妳，想活命的話，最好老實回答我。」

肯特虛弱地喘息，努力保持意識，卻不願妥協，默不作聲。

俞思晴攔住正在拿出道具、打算好好「報答」肯特女神對他的「照顧」的大神下凡，「只要再一把短刀就能消滅妳，我勸妳還是乖乖回答。」

「那又如何？反正你們最終還是得殺死我，就像我殺死愛蘭雅一樣。」肯特女神的鮮血已經染紅衣服，動彈不得。

她原本打算躲在這裡，繼續讓那些幻武使進貢力量給他，等到完全恢復後，再解決掉俞思晴等人，沒想到外面那群幻武使這麼不中用，連三個人都攔不住。

眼看大勢已去，肯特女神坦然接受這個結果。

「小鈴，妳到底打算問她什麼？」無緣人看她這麼固執，繼續下去不過是浪費時間，而且剛才的騷動，肯定已經被GM注意到了。

水之精靈再三提醒，不能讓GM發現，所以才會拜託他們祕密解決這件事，要是現在被GM抓包，不就前功盡棄？

「我也想知道。」大神下凡心不甘情不願地收起道具，上下打量肯特女神，「看她的血量只剩三分之一，也就是說，只要小無的短刀插下去，她就沒救了，我們還是早早了結這件事比較好。」

「因為她說了奇怪的話……」直到現在，俞思晴仍舊記得她那句違和的話語。

肯特女神抬起頭，對上俞思晴的眼眸，勾起嘴角。

「哈……原來是這樣，沒想到妳竟然還記得。」

俞思晴不高興地皺起眉頭，雖然這人說的話讓她很不爽，但是她卻覺得，肯特女神不是壞人。

不惜做到如此都想回到遊戲，是因為想守護這個世界。

為什麼？

老早就想問的問題，如今卻卡在喉嚨，怎麼樣也說不出口。

肯特女神卻彷彿知道她的意思，一句不提。

「殺死我吧，現在我已經沒有力氣反抗了。」她語氣平淡地道，不像之前那般頑強抵抗。

無緣人悄悄看著大神下凡和俞思晴，試圖從兩人口中得到許可。

沒想到肯特女神會主動要求他們消滅自己，結果出乎兩人意料之外。

「妳說呢？小鈴。」大神下凡沒有意見，全看俞思晴怎麼做決定。

俞思晴稍作思索，很清楚現在沒有時間浪費，但是看肯特女神的意思，似乎不會回答她的問題。

這時，無緣人手中的短刀突然被衝上前的巴雷特奪走，他快步跨過大神下凡與俞思晴中間，在兩人注意到他的下一秒鐘，將短刀插入肯特女神的胸口。

肯特女神瞪大眼盯著露出寒冷目光的巴雷特。

在完全化作光芒消失前，她的嘴角浮現出一抹淺笑。

「巴雷特！」俞思晴嚇得大叫，這才讓巴雷特回過神。

他呆滯地盯著自己的雙手，半信半疑地回頭向三人問道：「那個……發生什麼事？我剛才……做了什麼嗎？」

包含路路在內，三人全都傻了眼。

剛才那瞬間，巴雷特全身上下的氣息，與現在截然不同。

要不是親眼所見，他們還以為是自己眼花。

為什麼身為武器AI的巴雷特，能夠使用其他玩家的副手武器殺人？

巴雷特環伺三人的反應，最後將目光放在俞思晴身上。

「小……小鈴？」他困惑地走向俞思晴。

或許是還沒回神，俞思晴下意識地後退一步，閃避他伸過來的手。

就在她意識到自己的反應時，慌忙抬起頭，卻看到巴雷特露出令人揪心的苦笑，沉默地握緊懸空的手。

「等等……不是的，巴雷特！」她知道自己必須趕快解釋。

但是巴雷特卻重拾笑容，溫柔地對她說：「沒事，我沒關係的，小鈴。」

巴雷特的笑容，如同千根針，狠狠扎進俞思晴心中。

她張口還想說什麼，就被大神下凡拉住。

「我們先離開這裡再說，剩下的事交給ＧＭ處理。」

他與無緣人交換眼神，從眼神中讀出意思的無緣人，便讓路路站在自己肩膀上，使用傳送魔法，讓他們離開這裡。

干擾傳送魔法的法師們解除原有的保護，他們順利地離開了城池。雖說解決了水之精靈的委託，前所未有的危機卻迎面而來。

明明是搭檔的俞思晴和巴雷特，從那之後就保持著距離，雙方都不出聲，默默走在城鎮街道上。

跟著兩人的大神下凡以及無緣人，不禁無奈對望。

「吶，小無，剛才的情況你怎麼看？」

「怎麼看……我也不知道究竟發生什麼事。」

「被巴雷特奪走副手武器的可是你。」

「是這樣沒錯，但是我根本沒看到巴雷特的身影，這根本就不符合武器ＡＩ的設定，怎麼想都奇怪。」

「我也很懷疑，而且我老婆好像有什麼事瞞著我。」大神下凡很在意俞思晴向肯特女神提出的問題，應該是她和肯特女神在洞窟內發生的事。

也就是說，巴雷特知道情況，為了避免肯特女神說溜嘴，所以先下手為強？

這樣想也說不過去，巴雷特的反應比較像是被人控制。

大神下凡已經開始思考各種可能性，但是都需要再次證實，才有辦法確定。

「你不覺得，我們好像是落入陷阱的獵物嗎？」無緣人突然這麼說，讓大神下凡驚訝地眨著眼，沒過多久就大笑起來，用力拍打他的肩膀。

「你的被害妄想症還真嚴重！哈哈哈。」

「痛！我才不是被害妄想症，難道你沒有這種感覺嗎？」

「這可真讓人苦惱，我現在滿腦子只有對我老婆的愛意，其他事我才懶得管。」

無緣人嘆口氣，「你這樣說，小鈴可是會生氣的。」

「反正她現在心思不在這裡，無所謂。」大神下凡雙手扠腰，看著走在前面的兩人，「我看就先給他們一點時間磨合，我們不在的話，他們比較好說話。」

「我們不在的話，才會讓小鈴感到尷尬吧！」

「不會不會，那可是武器AI喔，不需要這麼認真。」大神下凡用手指戳著趴在無緣人頭上的路路，「你說對吧？小蜥蜴。」

路路火大地張開嘴，狠咬大神下凡的手指，差點沒讓他痛到跳起來。

「好痛痛痛！」

「活該，我可不是寵物。」路路朝他翻白眼，「不過，我倒是同意這個笨蛋的話，我們就先離開一陣子，之後再找他們看看情況。」

「就是這樣。」大神下凡舉起手，對他說：「雖然短暫，但我們這三人小隊就先在此解散，反正封測期間都見得到面，改天再相聚也不難。」

說完，大神下凡就拿出瞬移水晶，傳送離開。

無緣人看大神下凡閃得比誰都快，慌張不已，正好看到俞思晴回頭盯著他。

「大神下凡要去哪？」

「呃，他說大家還有機會見面，所以三人小隊暫時解散……」

無緣人只能如實回答。

「是嗎？」俞思晴眨眨眼，並不覺得不妥，「說起來也對，我們是因為肯特女神的事情才組隊，而且我跟你們的等級差太多，總不能老是一起行動。」

「我沒關係的！」無緣人握緊拳頭，認真對俞思晴說：「我可以協助妳練等，只要身旁帶著補師，妳就可以放心打怪刷經驗值！」

俞思晴雖然很感謝無緣人的心意，卻仍舊不安地朝巴雷特看過去。

「謝謝你，小無，但是現在……能給我一點時間嗎？」

無緣人愣了下，看著巴雷特，這才不好意思地搔頭道歉：「抱歉，我老是不會看氣氛說話。」

正當他向俞思晴道歉時，突然看到她發出的好友通知，立即抬起頭來。

俞思晴笑盈盈地對他說：「有機會再一起組隊刷經驗值吧，小無。」

「好好好！」無緣人雙眼閃閃發光，只差沒衝過去抱住她。

不知道為什麼，俞思晴的好友邀請，比任何人都讓他開心。

順利與俞思晴成為好友後，無緣人才和路路用傳送魔法離開。

揮手目送他離去的俞思晴，確定只剩下他們兩人後，才轉身看著總與他保持距離的巴雷特。

巴雷特雖然和以往一樣帶著笑容，卻沒有任何溫度。

她無法忘記，在躲開巴雷特的瞬間，他臉上一閃而逝的錯愕與痛苦。

俞思晴嘆口氣，回到巴雷特身邊。

「走吧，我們先去跟安見個面，免得她以為我把她放置不管。」

巴雷特張開口，似乎想說什麼，可是最後他還是把想說的話吞回去。

「我明白了。」嘴邊說著違心的話，巴雷特的思緒，早已跑到九霄雲端外。

俞思晴沒說什麼，只覺得這樣下去也不是辦法。

兩人之間的尷尬氣氛沒有瓦解，她要怎麼繼續玩？

而且，她又很在意巴雷特受傷的表情……

俞思晴停下腳步，站在巴雷特面前，朝他伸出手，「巴雷特，變回武器型態。」

巴雷特愣了下，別開眼。

「小鈴，這裡是城鎮，武器ＡＩ是無法變回武器型態的。」

「那我們就到外面去。」俞思晴拉住巴雷特的手，想把他帶出城鎮，卻沒料到巴雷特像是被電到般，匆忙甩開她。

兩人都被這情況嚇到，同時愣在那，抽回手的巴雷特，表情比她還要錯愕。

「呃，小鈴，我不是要拒絕妳的意思……」巴雷特慌張地解釋，卻還是沒有辦法直視她的臉。

俞思晴實在忍不住，不管他的意願，強行抓住他的雙手手腕。

「……小鈴？」

「我不會讓你甩開！」俞思晴認真地逼迫他直視自己，用肯定的語氣對他說：「我們是伙伴，有什麼話就直接說，不要這樣對我。」

巴雷特睜大眼睛，卻仍舊低下頭。

看他半張開口，終於打算好好跟她談的時候，背後突然伸出一隻手，用力朝她的背拍下去。

「好痛！」俞思晴不穩地撲進巴雷特的懷中。

巴雷特嚇了一跳，氣憤地抬起頭，卻發現有個在俞思晴好友名單裡的幻武使，笑嘻嘻地朝他們打招呼。

只不過，她的笑容裡蘊藏著些許怒火。

「小——鈴——」

聽見熟悉的聲音，俞思晴趕緊回過頭，臉色蒼白地苦笑，「哈哈，安，妳來了啊……」

眼前的不是別人，正是她玩線上遊戲的好朋友，安。

「是誰說要聯繫我的！到最後反而要我來自己找人！」安氣呼呼地向俞思晴抱怨，她的身後，站著一名長髮男子，打嗑睡般地站在原地，不斷點頭。

「給我起床！羅貝索恩！」安連頭也不用回，就知道自己的同伴在做什麼，毫不留情地朝他的腳踩下去。

清醒過來的他忍不住抱怨：「突然之間做什麼啊！別打擾人家的美夢好嗎？」

「好痛——」羅貝索恩很沒形象地大叫出來，抱著腳跳來跳去。

「啊？有膽再說一次啊？」安滿臉憤怒，扭著拳頭，像是即將爆發的火山。

原本很生氣的羅貝索恩，立刻乖乖跪坐在地，完全不敢反抗。

俞思晴揉著發麻的背，好不容易才從巴雷特的懷裡站起來。

她扶著巴雷特的胸膛，發現他的心跳異常平靜，相反地，自己卻緊張不已。

認識到這點差異，俞思晴頓時明白巴雷特對自己根本一點意思也沒有。

也對，本來就是遊戲裡的ＡＩ，就算有自我意識，也不見得像人類一樣擁有感情。

在巴雷特眼中看見的痛苦神情，不過是她的錯覺。

即使如此，她還是——

放在他胸前的手，握緊成拳。

巴雷特低頭看著懷裡的俞思晴，見她沒事才鬆口氣，卻又很快意識到自己正抱著她，連忙鬆手。

俞思晴回過神，為了不讓巴雷特注意到自己臉頰發熱的模樣，趕緊轉過頭。

「安，妳怎麼找到我的？」

「妳忘記好友後面都會標註對方位置？」

「說的也是……」

安覺得俞思晴有些奇怪，忍不住問：「妳沒事吧？看起來好像很沒精神。」

「沒事沒事。」俞思晴連忙重拾笑容，安很會觀察人，要是她在意巴雷特的事情被發現，肯定會被叨念。

她側頭看著跪在地上的羅貝索恩，問道：「這是妳的武器AI？」

「初次見面，我是羅貝索恩。」雖然跪在地上，但羅貝索恩還是表現出應有的風範，向俞思晴行禮。

不過頭才剛低下去，就聽見鼾聲。

安立刻朝他的腦袋狠狠拍下去。

「起床！羅貝索恩！不要在自我介紹的時候打瞌睡！」

「呃！我、我沒睡！沒睡……呼……」

「羅貝索恩！」

「啊！我醒了，醒了！」

俞思晴忽然明白，為什麼安在提起自己的武器ＡＩ時，會有口難言。

這個武器ＡＩ也太過慵懶！

「不好意思，小鈴，我實在不好意思跟妳說我選到的武器是這副模樣。」安面有難色，不過在看到巴雷特之後，眼睛為之一亮，「哇！小鈴，妳的武器ＡＩ真美形！」

已經不是第一次聽見這個讚美的俞思晴，已經習以為常。

「很多人都這樣說，走在路上很顯眼，大家都會盯著他看。」

「總比我這個空有外表、骨子裡卻是個瞌睡蟲的傢伙好。」

安忍不住數落自己的武器ＡＩ。

聽見安的抱怨，巴雷特突然走上前，牽起安的手。

安和俞思晴嚇了一跳，面面相覷。

「巴雷特？」她困惑地看著巴雷特的側臉，發現他的目光完全放在安的身上。

當下她的心中，頓時浮現出不祥的預感。

「初次見面提出這項要求有點冒失，但我想請問……」巴雷特的笑容，幾乎要讓安暈眩，臉頰下意識地感到燥熱，「如果您不介意，是否能和我的主人交換武器ＡＩ呢？」

這話一說出口，俞思晴就像是被雷打到，腦袋嗡嗡作響，整個人站在原地，無法動彈。

她的腦袋無法思考，完全空白。

「巴雷……特？」乾啞的喉嚨裡，輕喚著巴雷特的名字，但是巴雷特卻沒有聽見，仍和安熱絡地聊著。

她感覺到巴雷特就要從自己身邊逃走，不甘被冷落，也不願接受這樣的結果，硬是拉住他的手腕，生氣地看著他。

巴雷特回過頭，原本想對她冷漠以待的態度，在見到俞思晴的淚水後，愕然睜大。

「小鈴？」開口的是安，她驚慌失措地問：「妳怎麼哭了？」

「咦？」俞思晴並沒有發現自己在哭，直到她嘴裡嚐到鹹味，才意識到。

她撇開頭，拔腿就逃。

安還沒搞清楚這是什麼情況，不知道該怎麼做才好，而原本拉住她的手的巴雷特，立即拔腿衝出去追人。

「這是怎麼回事啊？」安百思不得其解，好不容易找到俞思晴卻又被她扔下，加上她的武器ＡＩ又突然提出奇怪要求，讓她難以跟上兩人的腳步。

「該不會是吵架了?真奇怪……你覺得呢?羅貝索恩。」

她困惑地詢問羅貝索恩的意見，卻發現他一臉嚴肅地盯著兩人離去的背影。

「羅貝索恩?」沒見過他這種表情的安，嚇了一跳。

聽見安的聲音，羅貝索恩這才回過神，笑道：「他們兩個人的事情就讓他們自己去處理吧，武器ＡＩ可是幻武使的伙伴，有話最好還是說清楚。」

「說的也是。」安嘆口氣，只好在訊息裡留下給俞思晴的留言，讓她記得回來找自己，「不過，你們真的太像人類，有時我反而會忘記你是ＡＩ。」

這話讓羅貝索恩的臉上閃過一絲陰霾，但是安卻沒看見。

「我們走吧，羅貝索恩……你別又給我打瞌睡!」

一個沒注意，羅貝索恩竟然又開始點頭打盹，氣得安直接朝他腦袋敲下去，拖著已經昏眩的他離開。

——《奧格拉斯之槍01女神亂世》完

後記

Sniper of Aogelasi

各位好，我是希望自己能有八雙手敲鍵盤的章魚草。

世間有金魚草，那麼我就來做個章魚草，請大家銘記，我們是植物不是海鮮食物，至於能不能食用還在考察中，詳細的檢驗報告以及生態環境調查等資料請大家上我的粉專查詢（喂）。

咳咳，開場很冷我知道。但是冬天嘛，我要讓大家體會一下現在的我有多麼冷，這也算是另類的VR體驗？（完全不對）

好啦，要來回歸正題。這次的作品是和三日月書版合作的第三套書，也是我初次嘗試的男女向愛情網遊故事，對沒錯這次真的有固定CP了！而且是「女主角↓↓↓↑男主角」這樣的設定。這次的男主是天然黑，又有忠犬屬性，真是居家必備……咳不是，是讓人愛不釋手的好男人；女主則是個認真的孩子，遊戲痴、實力上等，算是實境網遊的紅人，不過本人很低調就是了（只想玩遊戲，對其他事情沒興趣）。這樣的男女組合會擦出什麼樣的火花？只有請大家翻開書閱讀，才會知道XD。

很久沒寫BG向，寫起來特別開心，最近在嘗試寫網遊類型的題材，希望能用坑草的風格寫出有坑草味道的網遊故事。我本身對於遊戲的涉獵不深也不淺，算在中間剛剛好，不過依照我玩的遊戲類型，恐怕很難挪用在故事裡啊……（盯著《惡靈古堡》）。

大家別擔心，本遊戲全年齡向，沒有任何血腥畫面以及暴力情節，大家安心看便是。

喜歡的話，歡迎到我的粉專留言告訴我感想喔！那麼我們下回後記見。

草子信

草子信FB：https://www.facebook.com/kusa29

高寶書版集團
gobooks.com.tw

輕世代 FW226

奧格拉斯之槍01

作　　者　草子信
繪　　者　arico
編　　輯　林紓平
校　　對　林思妤
企　　劃　陳煒翰
美術編輯　彭裕芳
排　　版　彭立瑋

發 行 人　朱凱蕾
出　　版　英屬維京群島商高寶國際有限公司臺灣分公司
Global Group Holdings, Ltd.
地　　址　臺北市內湖區洲子街88號3樓
網　　址　www.gobooks.com.tw
電　　話　(02) 27992788
電　　郵　readers@gobooks.com.tw（讀者服務部）
pr@gobooks.com.tw（公關諮詢部）
傳　　真　出版部　(02) 27990909　行銷部 (02) 27993088
郵政劃撥　19394552
戶　　名　英屬維京群島商高寶國際有限公司臺灣分公司
發　　行　希代多媒體書版股份有限公司/Printed in Taiwan
初版日期　2017年3月

國家圖書館出版品預行編目(CIP)資料

奧格拉斯之槍 / 草子信著.-- 初版. -- 臺北市：
高寶國際, 2017.03-
冊；　公分. --

ISBN 978-986-361-377-0(第1冊：平裝)

857.7　　105024905

三日月書版

三日月書版

GOBOOKS & SITAK GROUP©